NO PREGUNTES POR ELLOS

UNOS & OTROS

EDICIONES

Información de Catalogación de publicaciones disponible
en la Biblioteca del Congreso de los Estados Unidos.

ISBN 10: 0998822248
ISBN-13: 978-0998822242

www.unosotrosculturalproject.com

felixfojo@gmail.com

infoeditorialunosotros@gmail.com

Made in USA, 2017

2da Edición

NO PREGUNTES POR ELLOS

Félix J. Fojo

Cómo vas a reconocer a los personajes de esta historia, que no es más que una novela, si la gente de carne y hueso no se conoce bien ni a sí misma, por eso te digo que es mejor que no preguntes por ellos.

El autor

A todos los que tienen que comenzar de nuevo.

Deceive the heavens to cross the ocean (Mán tián guó hái)

Book of Qi (Anónimo) (Aproximadamente siglos IV y III ANE)

El tiempo es una tríada: el presente tal como lo experimentamos, el pasado como recuerdo presente y el futuro como una expectativa presente.

San Agustín de Hipona (354-430 NE).

1

LA HABANA, 1959

El hombre de la boina negra le explicó, con la voz pausada y lenta de un maestro, mientras se gozaban un par de robustos y pestilentes puros hechos a mano, que matar —ajusticiar suena mejor, aclaró— era, a la larga, un requisito inexcusable de supervivencia y un deber que la historia premiaría con la gratitud eterna de las masas. En pocas palabras, una tarea revolucionaria.

—Los muertos, pibe, generalmente no entorpecen las faenas de los vivos, no discuten, no joden —le dijo—. Pero, sobre todo, enseñan a los díscolos que equivocarse cuesta.

—Cuesta todo —afirmó el barbilampiño capitán con su acento de gringuito del suroeste a medio cubanizar, que tanta gracia le hacía al de la boina negra.

—Sí Herman, pero para que los difuntos sean útiles de verdad a la causa, a la causa de nosotros los revolucionarios, tienen que ser muchos y sus delitos conocidos.

—Cogió aire a cantazos, haciendo un ruido raro con su pecho asmático—. Esa es la importancia de los juicios sumarios con fiscales, defensores, periodistas, fotografías y recordatorios en la televisión, que se le incruste en la mollera a la gente que defenderlos, pedir clemencia para ellos es hacerse cómplice de sus fechorías. —Aspiró el humo arrugando la nariz, como si el vapor azuloso fuera un medicamento—. Y con apelaciones, aunque sean así de rápidas. —Tronó los dedos gordo y medio de la mano zurda.

Herman se caía de sueño, o mejor, de aturdimiento.

—*Yes*, sí... sí. —Contuvo con evidente esfuerzo un conato de bostezo.

—Batista no aprendió de ustedes, los yanquis, que inventaron los juicios de Núremberg y la cancioncita esa de acusar de criminales de guerra a los perdedores. —Tosió y escupió, volviendo la cabeza a un lado, un salivazo oscuro que trajo desde bien adentro de los maltrechos pulmones—. Los batistianos torturaban y mataban a la gente y después los negaban, o decían que murieron en combate con la policía o el ejército. —Miró la hora en el reloj de pulsera—. Fabricaban héroes y mártires, no ejemplos. ¿Entendés lo que te digo, Herman?

—Bruto el hombre, ¡so *stupid, fuck*!

Se sintió un barullo lejano: rejas abriéndose y cerrándose, candados y pestillos, órdenes en sordina, un grito aislado, ruidos ominosos de viejo presidio colonial al caer la noche.

—O ellos o nosotros, Herman, y si queremos durar, lo más recomendable es que sean ellos.

—*Yes*, sí, mejor ellos. —Se amasó la rodilla herida que no acababa de cicatrizar del todo, quizás por la falta de un buen tratamiento médico y descanso.

El de la boina negra volvió a mirar la esfera luminosa del reloj suizo que le había regalado el jefe, seguramente recuperado de la fortuna personal de algún político encarcelado por ladrón, o algún general del anterior gobierno en fuga.

—Ve a lo tuyo, pibe, basta de charla por hoy, en menos de una hora los boludos a tus órdenes disparan el cañonazo de las nueve.

—Sí, comandante, ya me voy.

—¿Cenaste?

—Alguna bobería. —Sonrió con desgana—. Prefiero almorzar fuerte.

—¿Flojera de estómago?, ¿pudores? —Se rio sarcástico y con la boca torcida, muy a su peculiar e irónico estilo.

El capitán apoyó las manos en el banco de madera tosca, sin barnizar, y se puso de pie.

—Costumbre creo, no sé, señor.

Continuaron los murmullos, los sonidos apagados, pero ahora en aumento, en aquella enorme instalación penitenciaria que cobraba vida —vida es un decir, una ironía— justo al arribar la noche.

—¡Pendejadas, ni que fueras una vieja enclenque, pibe! —Hizo un gesto más o menos amable con la mano, que no por eso dejó de ser una orden—. ¡Andá, chico, andate ya!

El hombre de la boina negra se quedó contemplando al gringo, estrechando los ojos con visible interés, dubitativo. Era casi un niño crecido a la fuerza y viviendo una aventura que él mismo se había buscado y que lo convertiría, sin dudas, en un hombre hecho y derecho, o lo destruiría hasta convertirlo en cenizas. En fin, ya la vida diría la última palabra.

Herman caminaba ahora a buen paso, sin mirar atrás, sintiendo en el cogote la mirada impasible y dura del hombre de la boina negra. Iba cojeando levemente de la pierna derecha, pero, así y todo, con bastante agilidad. Se desplazaba hacia el bloque de galeras donde se hacinaban los centenares de reclusos que esperaban; que aguardaban por lo que los acontecimientos, los comandantes y el azar habrían de depararles, o el destino, para los que creen en él.

Iba transitando por el lúgubre pasillo, una especie de túnel excavado a picos y mandarrias en la piedra viva hacía trescientos, o quizás más años, por los negros esclavos, que levantaron aquella fortificación en una maciza elevación de rocas calizas cortantes y húmedas, desoladas y amenazadoras, justo frente a la boca de la resguardada bahía de bolsa, que se suponía debía vigi-

lar y proteger de los ataques de piratas, corsarios, fili-
busteros, ingleses, holandeses y otras escorias del envi-
dioso y agresivo mundo exterior.

Del otro lado de la estrecha embocadura del canal de
entrada al puerto, la ciudad bella, rutilante, abierta, limpia y llena de sol, o de estrellas. Faros de automóviles y
reflejos de luces de neón, rascacielos y el soberbio malecón, vida, alegría, cervezas, ron, música, baile, sexo, y
ahora discursos y trabajo. Sí, trabajo y esperanza, fe
en algo no muy definido, o fe en un hombre, que sabrá
muy pronto elevarse en soledad a las alturas, y también
mucho de eso que llaman el futuro, una palabra vaga y
enceguecedora como el siempre inalcanzable horizonte
en los desiertos. En fin, una tabla a la que agarrarse en
el maremoto que comenzaba a crecer y a desbordar los
límites. Presente, siempre mejor que el pasado pero no
tan bueno como el futuro, un espejismo que se aleja en
movimiento perpetuo. Una idea de la que hablamos todo
el tiempo pero que nunca podemos alcanzar. Eso tan
lindo que machacaban al final de las arengas y discursos: el luminoso porvenir.

El hombre de la boina negra miró, ahora, hacia el
cuadradito de cielo obscuro que permitían ver las enormes paredes grises que le rodeaban. Unos paredones
manchados del verde oxidado de las hiedras que crecían
desde las húmedas junturas de los bloques cuadrados
de piedra, hacia arriba, hacia la luz, apuntando a un
cielo que nunca alcanzarían.

Aspiró una vez más su cigarro puro y pensó que allí,
en aquella puñetera ciudadela que la Revolución había
puesto en su camino —y en sus incorruptibles manos—,
todo era lúgubre y feo, deprimente, triste, hasta las
cagadas de los pájaros viajeros que tapizaban el duro
y desportillado suelo calcáreo que pisaban. Como si la
esperanza se hubiera quedado del otro lado del macizo
portón, donde calentaba el sol y bullía la vida.

Y era verdad, ¡carajo!, del inmenso portón para adentro reinaban las tinieblas.

Pero que importaba si él y algunos otros como él, como el americanito, le desbrozaban el camino al porvenir. Como dioses, o como el dios en el que no creía, o en el que pretendía no creer... ¡ah, claro, y al que no temía!

Allá los pelotudos remilgados, los cagones comecuras, los pibetes de flequillo y chalequito de primera comunión, allá ellos.

Otra vez, con sus ojitos afilados y tristes siguió al capitán, mientras se rascaba las ralas pelusas, no muy limpias, de la barba. Lo siguió, impertinente, hasta que el capitancito desapareció en un recodo del pasadizo.

Se escuchó entonces una estridente orden de atención, luego otra, cortante, en otra voz y otro tono más agudo y helado, si es que eso era posible. Órdenes que vinieron rebotando y rebotando en el eco de las frías y siempre goteantes paredes.

El hombre de la boina negra no pudo evitar —menos mal que estaba solo, sin testigos indiscretos— un estremecimiento.

Dejó caer al piso el cabo de tabaco, sin molestarse en apagarlo, y se marchó, andando lento y pensativo, a su espartana oficina.

Solo. Solo y voluntariosamente firme en su porfía con la vida.

2

La Habana, 1962

Al atropellado matrimonio —casorio le decían las viejas a ese ritual en Cuba— del capitán Herman Markis y la señorita Ana María Santana Donremí —decidido apresuradamente un par de días antes, en un arrebato de insana pasión en la penumbra de un hotelito de paso, de esos baratos y por horas que los habaneros conocen por posadas— asistieron cuatro personas. Solo cuatro, ni uno más. Los novios, un amigo de él —un oficial retirado del Ejército Rebelde, dado de baja bruscamente por causas muy poco claras, que se desempeñaba ahora como funcionario de categoría inferior en un ministerio—, y Gretel, la hermana de Ana María, una espigada y atlética adolescente de cara hosca y corazón de oro, que se prometió no abandonar a la novia en un momento como aquel, aunque eso significara para ella más gritos, lágrimas, humillaciones y conflictos.

Ah, y el notario, un señor calvo, barrigón y patizambo, un poco grotesco pero siempre amable y sonriente, enfundado en su uniforme verdiazul de miliciano.

Los cinco, un poco atolondrados y locos por terminar, cumplieron sus respectivas partes en la veloz ceremonia. El funcionario judicial aceleró el proceso «macheteando» la lectura del acta, Herman dio el sí, Ana María también, se intercambiaron los anillos que ya les pertenecían desde hacía mucho tiempo, Gretel y el amigo de Herman firmaron sin leer aquel papel que perfectamente podía haber sido una certificación de defunción o el recibo de la electricidad, y los contrayentes se besaron a requerimientos del notario. Al besarse en la boca, sin lenguas, claro, se sonrojaron ambos como transgresores atrapados, y luego, santo y bueno, se estrecharon las manos y se fueron todos a sus asuntos personales. Menos el amanuense, que después de enderezar el retrato del mártir que colgaba en la pared y archivar los papeles de la boda, debía continuar con la siguiente —ese era su trabajo y el hombre era un obrero de avanzada—: un par de simpáticos ancianos rodeados de una bulliciosa corte de vecinos, amigos, hijos, nietos y biznietos.

Gretel, ya en la parada del ómnibus, abrazó a su hermana, apretado y largo, como si nunca más volviera a verla. Entonces le hizo la señal de adiós con la mano al aturdido Herman, mientras se encaramaba, levantada en peso, más bien, y empujada por un alud de gente, al autobús que la devolvería a su casa, a su madre y a su oscura vida.

Después del fusilamiento del padre de Ana y Gretel, año y medio antes, que por pura casualidad no tuvo que dirigir el capitán Herman Markis —se encontraba ingresado en un hospital militar para que le practicaran una intervención quirúrgica, con el fin de reparar su estropeada rodilla—, la familia Santana Donremí había comenzado el cenagoso y cada vez más pronunciado declive hacia el desmoronamiento y la desintegración.

El muerto —el ajusticiado enemigo del pueblo, rectificaría el de la boina negra—, Rubino Santana, exteniente coronel del ejército de la República y primer expediente de su curso en la escuela de cadetes de las fuerzas armadas constitucionales, se había opuesto a la dictadura de Fulgencio Batista, por razones éticas y morales, no por revolucionario, porque no lo era ni tenía la madera para serlo. Esa oposición, un poco ilusa y quijotesca, le había costado su rango de oficial de estado mayor y unos meses de relativamente benigna prisión militar en una cárcel ubicada en una isla —se ha dicho y escrito que es la isla del tesoro, y andando el tiempo Fidel Castro le cambiaría el nombre por Isla de la Juventud— enclavada en un golfo bajo y de aguas turbias, al sur de la provincia de La Habana.

Al triunfar Castro, a Rubino se le había percibido como una especie de héroe del honor y la integridad, un ejemplo del militar de carrera pundonoroso, ajeno a los chanchullos y crímenes de los gobiernos anteriores. Un viejo militar al que la revolución triunfante tendía sus manos juveniles y, por eso, el antiguo teniente coronel recuperó inmediatamente su posición en el nuevo ejército, no así su grado, pues los nuevos amos no reconocían esas estrellas en una organización donde el jefe máximo se proclamaba comandante, aunque Comandante con mayúscula.

Todo marchó, más o menos bien, hasta que Rubino comenzó a permitir que se le viera el descontento, a murmurar o quizás a conspirar —otra vez— para intentar salvar la vida de varios de sus antiguos compañeros de armas, intención loable que, obviamente, no pudo alcanzar. Y es posible que también conspirara para explorar, con otros ingenuos como él, la manera de detener, de algún modo, la marea imparable del comunismo prosoviético que ya se hacía presente en todas las instituciones, organismos gubernamentales, industrias, escuelas y rincones del país, en esos turbulentos tiempos de la Guerra Fría.

Nuevamente, el indoblegable y transparente Rubino Santana ponía por delante, en todos los actos y decisiones de su vida, las puñeteras y estúpidas razones éticas y morales, como muy bien le había recriminado durante una agria discusión Ana, su mujer, quien con un olfato infalible para ventear desastres —radar de bruja, decía Gretel— andaba desesperada y aterrada ante lo inminente. Esto justo sucedió un par de días antes de que lo detuvieran, esta vez para no regresar nunca más a su hogar y a su familia.

Para hacer corto el cuento largo, el antiguo teniente coronel fue arrestado sin la menor resistencia y en su propio despacho de la comandancia del nuevo ejército, interrogado sin mucho entusiasmo ni violencias —para qué, si no negaba nada y lo aceptaba todo— durante unos pocos días, juzgado como uno más de los «criminales» de Batista y ejecutado sumariamente por un abigarrado pelotón de fusilamiento, cinco horas después de finalizado el breve juicio, y en aquella misma fortaleza donde Herman Markis desempeñaba sus macabras funciones burocráticas, tal y como él las describía cuando estaba de ánimo para hacer bromas.

La madre y esposa, la señora Ana Donremí, una mujer elegante y de muy buen ver que iniciaba los cuarenta, amaba a su bruscamente difunto marido —hasta hace muy poco un hombre vital y en excelente forma física— con una pasión tranquila pero poderosa, que se reflejaba siempre en su rostro feliz y en sus modales de madraza firme aunque tolerante, salvo, y eso era un rasgo importante, que sintiera en la nuca la cercanía de una desgracia, esa sombra espesa de la desventura, esa ave negra del infortunio que ella podía percibir a sus espaldas, como un recién llegado inesperado.

Y así fue también el aciago día del juicio.

Casi nadie creía que a un hombre bueno y caballeroso como Rubino Santana lo fueran a ejecutar. Los optimistas esperaban que quizás le darían veinte o treinta años de prisión, o menos, pero ella, Ana Donremí, olió la muerte con su radar de bruja —Gretel nunca lo decía en presencia de ella, pero lo daba por hecho— y alertó a sus hijas con tiempo suficiente, desde la misma mañana de la detención del padre, para que se acostumbraran a la orfandad.

El hombre de la boina negra lo definió muy bien:

—Ese burgués pelotudo es tan bueno, tan bueno, tan bueno, que donde mejor está es en el Cielo acompañando al compañero San Pedro.

—¡Lo van a matar, segura estoy como que me llamo Ana Donremí! —decía la esposa besando los dedos en cruz de la mano derecha—. ¡Ni se les ocurra pensar que estos miserables van a dejar vivo a un hombre como Rubino Santana! —Nadie la había visto nunca tan desencajada y vociferante—. ¿O es que no se han dado cuenta de quiénes son los malnacidos que nos están gobernando?

Y acertó, como siempre, cuando de infortunios y desastres se trataba.

Y como era de esperar, después de aquella fatalidad sin cuento, de aquel espanto repentino, Ana Donremí jamás volvió a ser la que había sido. El odio desaforado y sin linderos al sistema, al gobierno y a los hijos de puta que la habían dejado viuda y huérfanos a sus tres hijos, le mató las apetencias de vivir, le secó el alma y le comió, en buena medida, la cordura y la razón.

Día tras día tenían que botarla casi a empellones del cementerio, donde una tumba sin nombre, con una crucecita de palo clavada en la tierra seca y marcada con un número y una letra encima a tiza blanca, guardaba el cadáver agujereado de Rubino. Es más, existían ciertas dudas sobre cuál de las decenas de tumbas de ejecutados que había en aquella franja apartada y poco visitada del inmenso camposanto habanero, era exactamente la de su marido. Pues el día, la noche en realidad, de su ajusticiamiento —palabra clave del asunto, según el hombre de la boina negra—, no había sido el único en ser pasado por las armas. Todos los supuestos conspiradores, menos el delator, padecieron esa madrugada el escarmiento, y los enterradores, a los que todo aquel jaleo ni les iba ni les venía, no eran particularmente cuidadosos en las cuestiones relacionadas con el ordenamiento terrenal de los que ya no moraban entre nosotros, máxime si aquellos cuerpos destrozados a balazos por seis fusiles FAL, tirados como quiera en cajones de madera sin pulir, habían sido en vida enemigos de la patria y de la Revolución, revolución que, por demás, les pagaba su salario y les daba escuelas a sus hijos.

Y para enmarañar aún más las cosas, que no bastaba con una desgracia porque nunca vienen solas, el hijo mayor de Rubino y Ana, Máximo Santana Donremí, de veintipocos años, había caído preso casi al mismo tiempo que el padre, aunque en un episodio diferente, y no por error o un delito tremebundo, sino por cándido y bocón, más bien por comemierda, según comentaron los mismos comisarios que lo metieron tras las rejas.

Máximo, estudiante de ingeniería en la Universidad de La Habana, no había tardado en unirse a una organización contrarrevolucionaria, una de tantas, que, como se sabría muchos años después, había sido creada por el propio gobierno para atraer, como el pegamento a las moscas, y neutralizar a los probables o latentes enemigos de clase. Enemigos de clase que pululaban y pulularían hasta el no muy lejano día en que triunfara, definitiva y absolutamente, el proletariado y entonces, y solo entonces, el hombre nuevo ya sería plenamente libre y no necesitaría de comisarios, jueces, cárceles ni paredones de fusilamiento, pero hasta entonces...

Lo condenaron —la declaración de dos conjurados arrepentidos fue más que suficiente— en un proceso sumario donde inexplicablemente solo se dictó, entre más de cincuenta procesados, una sentencia capital, una sola, que si no era un récord, era un muy buen *average*. A Máximo le tocaron veinte años de prisión, una bicoca, y el muchacho comenzó a cumplirlos justamente un mes después de la ejecución de su padre, y para más inri, en la misma prisión: la tétrica fortaleza colonial llamada desde siempre La Cabaña.

24

Fue allí, visitando a su hermano para verle dos minutos y llevarle una bolsita de lona con un par de calzoncillos, un cepillo de dientes, unas barras de dulce de guayaba, un poco de gofio y un cuarto de litro de leche condensada reenvasada en un pote de plástico, donde Ana María Santana Donremí, la hija mayor del extinto Rubino y Ana, conoció al capitán Herman Markis, mientras era prolijamente requisada por dos mujeres milicianas —requisito previo antes de poder ver y abrazar a su hermano Máximo— bajo la vigilancia de Herman, quien con rostro ceñudo y ademanes castrenses hacía cumplir estrictamente las reglas carcelarias durante el restringido horario de visitas familiares a los presos.

Fue amor a primera vista, o una apabullante atracción mutua, o las aún desconocidas endorfinas, o un capricho compartido, pero lo que sea que haya sido, fue, ¡y de qué manera!, inocultable, evidente, hasta romántico —palabreja puesta en desuso y ridiculizada por la nueva ideología— y bonito, muy bonito.

Y fue, también, claro que sí, un cataclismo.

Un superlativo cataclismo.

3

Playa Guanabo, 1963

Ana Donremí, inesperadamente, salió un día de su sombrío pasmo para dejar bien clara su posición ante las veladas insinuaciones de emigrar de la isla. Fue tajante e inapelable: mientras su hijo estuviera encerrado en una prisión y su marido en una fosa de aquel país de viles sabandijas, ella no se movería de allí, ¡pasara lo que pasara! Podían irse todos al exilio, al diablo, adonde les diera la gana, que ella acompañaría hasta el final, como una sombra, como un ánima en pena, a los carceleros y los sepultureros que rondaban todo el tiempo a los dos hombres de su vida.

—¡Váyanse, váyanse todos al carajo y déjenme en paz con mi calvario!

Pegó con el puño cerrado en la pared y, mientras se daba vuelta para regresar a su habitación y a su mundo de tinieblas, reafirmó con una voz ronca que nadie le había escuchado antes: ¡Y que nadie se atreva nunca más a mencionar semejante cosa!

Y cerró la puerta con un golpe que derribó cuadros y adornos en varios pies a la redonda.

Poco más se le oyó decir de ese momento en adelante.

Visitar a Máximo en la cárcel alguna que otra vez —las visitas se espaciaban más y más a causa de la posición rebelde del preso ante una forma institucional de doblegarse ante las autoridades a la que llamaban reeducación— y sentarse en una sillita de lona a vigilar la tumba de su marido y charlar con él en voz muy baja, casi cada día, fueron las únicas ocupaciones conocidas de la viuda, que terminaron por convertirla en una figura espectral, habitual para los empleados y los pocos visitantes eventuales de la vasta necrópolis.

Solo cuando tocaba una visita a su hijo, Ana Donremí desataba una frenética actividad en la cocina, preparando platos y cazuelas de sabrosas comidas —agenciadas en la calle con mil y un sudores y sobresaltos por el trabajo de hormiga de Gretel—, la mayoría de las cuales serían decomisadas, examinadas cuidadosamente, tiradas a la basura o devoradas por los propios guardias de la prisión, hartos del sempiterno rancho de arroz blanco, judías y carne rusa enlatada que les brindaba generosamente la Revolución.

La mujer comía frugalmente o no comía, dormía muy poco y a retazos, rezaba en soledad o quizás se comunicaba con el espíritu de Rubino, ¡vaya usted a saber!, sostenida por la ayuda de Gretel, una chica de mirada hosca y corazón de oro, y la única persona en aquella casa con una entrada de dinero pequeña, pero relativamente estable, que era un aporte muy modesto, por cierto, dada la carencia de trabajos bien remunerados para ciudadanos tan marcados por la situación política de la isla, o como se decía por aquellos tiempos, no integrados al proceso revolucionario.

Gretel, a sus dieciocho años, cargaba —sin permitir que nadie columbrara sus amarguras ni sus miedos— con el agobio del mundo, de su mundo hecho añicos, pero pesado como una enorme bolsa de escombros que le hubiera caído de pronto a la espalda.

Repasaba matemáticas, inglés, química, física, caligrafía o lo que fuera, a niños de escuelas privadas que aun sobrevivían en el entorno, pero ya muy cerca de ser absorbidas por el sistema educacional gubernamental; transcribía, con su buena letra, documentos y cartas, cuidaba párvulos, en fin, se buscaba la vida de ella y la de su madre, y en cierta forma y no en la magnitud que ella quisiera, la de su hermano encarcelado.

Algunos familiares y unos pocos viejos amigos, cada vez menos porque se iban marchando, sin pausa, de la isla, daban una mano, le «prestaban» unos pesos, compraban alguna pequeña factura de alimentos para ella y su madre o le pasaban ropas usadas, pero en buenas condiciones. Todo esto con mucho disimulo, eso sí, guardando siempre las distancias para no comprometerse.

La sentencia filosófica —filosofía guerrillera del hombre de la boina negra—: «los muertos enseñan a los vivos que equivocarse cuesta», estaba demostrando su funcionabilidad y su eficacia a pasos muy rápidos, haciendo de la amistad, delito, y de la compasión, mofa. «Tirar una toalla», esa vieja fórmula retórica cubana que explicaba el por qué hasta a los más perversos rivales se les daba de vez en cuando la mano, se iba desactualizando a ojos vistas.

Ana María, la señora del capitán Markis, también colaboraba, pero en el más absoluto secreto. Solo Gretel se veía con ella alguna que otra vez, quizás una o dos veces por mes, en parques solitarios y cafeterías poco concurridas. Las dos mujeres, como hojitas al viento, muertas de miedo, conteniendo a duras penas las enormes ganas de estrecharse en un abrazo y llorar hasta secarse, cogidas ambas en el fuego cruzado del repudio llevado a los extremos de Ana Donremí a su hija: «¡La que fue mi hija y de la que no quiero saber nada, nada en absoluto, la puta, la reputa que fue capaz de acostarse y revolcarse con el asesino de su padre y el carcelero de su hermano!». Y, sobre todo, las cada vez más crecientes dificultades de Markis para mantenerse dentro de las filas del ejército —el único hogar que había conocido en esa islita caribeña hasta la casi milagrosa aparición de Ana María— después de haberse casado con la hija y la hermana, todo en uno, de un par de enemigos mortales de los obreros y la patria.

Ya Herman no charlaba ni veía nunca al hombre de la boina negra, ahora ministro y todopoderoso hacedor de definitorios discursos internacionales y radicales políticas económicas. Sus compañeros de la guerrilla habían ascendido a cargos muy superiores cerrados a cal y canto para él, o habían descendido a los infiernos de la prisión, la muerte violenta o el anonimato. Y quizás lo peor: ser norteamericano había dejado de tener la popularidad y el *glamour* de los primeros tiempos, para convertirse en una fuente de sospechas, tal y como le dijo un día un joven teniente de milicias, un mulatico servicial y muy disciplinado que lo confundió con un instructor ruso:

—Como todo el mundo sabe, camarada capitán, ustedes los soviéticos son nuestros hermanos, a diferencia de los gringos, que son todos unos capitalistas explotadores, racistas y agentes de la CIA.

Pensó explicarle la verdad al muchacho, pero prefirió callarse y dejar pasar aquello, ¿para qué menear más lo que no tenía remedio?

La hermosa aventura rebelde, revolucionaria, gloriosa y resplandeciente había terminado para el capitán Herman Markis, hacía ya un buen tiempo. La juvenil y solidaria idea de ayudar a liberar a un pueblo de un dictador; convertirse, para aquella isla bonita y risueña, oprimida por un general de melodrama, en algo así como un Lafayette o un Pulaski, se había transformado en el rastrero día a día de la sobrevivencia y la sospecha. Su verdad aventurera y noble le había servido para mirar con orgullo hacia el futuro; sus mentiras le estaban siendo ahora más o menos útiles para esconder su pasado y su verdadero yo, no con los de arriba que lo conocían de sobra, sino con los subalternos, que mejor era que ni le conocieran.

Ya no ejercía su viejo oficio burocrático en aquella fortaleza de vampiros —entre los que lamentablemente él había sido quizás el de los colmillos más largos— y ahora daba clases de instrucción de infantería a reclutas de todo el país, que se incorporaban al nuevo servicio militar, y en lo posible trataba de ocultar su verdadera nacionalidad, pero el sentido común le decía que aquella farsa no iba a durar mucho.

Es más, su presencia física en aquel ejército que día a día se iba conformando con oficiales formados en escuelas militares de países de Europa Oriental, comenzaba a resultar anacrónica, extraña, casi inverosímil. Se le ocurrió, un día, que semejaba un indio con plumas, arco y flechas y caballo sin montura en una película de gladiadores romanos, y eso no duraría.

Una tarde, Herman se encontró con Pardito, un guajiro recio y jodedor con quien había compartido el frío de las madrugadas y las gallinas —sopas con plumas les llamaban— que supuestamente morían de enfermedad en los ya tan lejanos tiempos de la guerrilla heroica y la hermandad tribal de compañeros de armas, y que ahora era todo un comandante de tropas blindadas: el comandante Pardo.

Pardo, después de estrecharle la mano con la firmeza de un tanquista, le espetó sin circunloquios:

—¡Pero americano! ¿Todavía tú estás por estas tierras, chico? ¡Tienes que haberte enamorado como un loco de alguna hembra de por acá, carajo! —Y poniéndole una manaza en el hombro le dejó caer, con una de esas sonrisas socarronas que saben mostrar los campesinos cubanos para brindarte un consejo sin demostrarlo—: Yo te hacía en el Norte, ¡verraco que eres, tú que puedes vivir allá y no lo haces!, ¡es verdad que Dios le da barbas a quien no tiene quijada!

Por eso, un domingo de sol esplendoroso y brisa leve se llevó a su mujer a la playa de Guanabo, en las afueras de La Habana, y mientras la acariciaba con ternura, metidos hasta el pecho en el agua tibia del Estrecho de

La Florida y lo más lejos posible de otros seres humanos, le soltó de sopetón:

—Ana María, escúchame bien, nos vamos a ir de aquí como sea, para que nuestros hijos, esos que estamos evitando ahora, nazcan en un lugar decente.

Ella trató de mirarlo y el sol de frente le hizo cerrar los ojos, lo que incrementó el par de hilillos de lágrimas que vendrían detrás.

—Yo me voy, Herman, a donde tú me lleves, a donde tú quieras ir, a donde sea. —No solo había resolución en sus palabras, sino, incluso, un alivio inmenso—. ¿Pero qué hacemos, mi amor, con mi hermana y con mi madre?

Desde la arena tibia y suave, les llegaba el murmullo lejano de un radio de baterías con twist, The Four Seasons, Elvis, The Beach Boys, Frankie Avalon, no sabría decir. Los cubanos amaban la música norteamericana casi tanto como la suya, y aprovechaban las playas y cierta soledad para escuchar emisoras floridanas abolidas y perseguidas en el país.

Herman le pasó los dedos de ambas manos por la cara y estuvo a punto de echarse también a llorar, quizás del desahogo por haber tomado al fin aquella decisión y un poco de la impotencia ante lo que sabía inevitable.

—Nos llevamos a tu hermana con nosotros.

Ana sonrió con una vasta y cansada amargura.

—Gretel no se va a ir nunca, Herman. —Puso sus manos en los fibrosos hombros de él—. Jamás va a abandonar a mi madre y a mi hermano.

El guardó silencio por unos largos segundos. Sumamente largos. Respiró profundo.

La música se hizo más audible con un cambio de rumbo de la brisa, eran los Zafiros, un grupo cubano muy bueno que imitaba a los Platters.

—Has oído hablar del comandante Morgan.

Ella asintió con una tristeza que él jamás le había visto antes.

—Yo dirigí su ejecución. —Se enjuagó la boca con agua de mar y escupió—. Un americano escogido para asesinar a otro americano, y lo hice, ¿lo comprendes?

Volvió a asentir con la cabeza, hizo un puchero y se apretó más a él.

—Por sentido del deber, por miedo, por estúpido, porque me lo ordenó mi jefe, por pendejo, por cobarde, por maricón, por lo que fuera, pero ya no hay remedio, Ana, y entonces, como un cañonazo, entraste tú en mi vida.

Ella apretó su frente contra la de él, que ahora sí estaba llorando.

—¿Qué tiempo crees que tardarán en liquidarme?

La abrazó fuerte y, como siempre que lo hacía, sintió aquella placentera y rápida erección que ninguna otra mujer le provocaba.

La música se hizo ahora más tenue, lejana.

Quizás más dulce.

—En liquidarme no, Ana María, en liquidarnos a los dos, en eliminarnos para que no quede ni el recuerdo de esa acción. —Le estaba susurrando al oído, aunque no había nadie en más de cincuenta o sesenta metros a la redonda, solo el suave, tibio y relajante movimiento de las olas rizadas por el viento—. A los dos, Ana María, a los dos.

La apretó hasta hacerle daño.

—Lo sé, siempre lo supe. —Le arañó superficialmente la espalda con las uñas.

—Quitándonos de en medio nos hacen invisibles, como si no hubiéramos existido nunca. —Le dio un beso volado, compulsivo—. Pero si algún día les hace falta, entonces dirán que los americanos se mataron entre ellos, ¿lo comprendes?

Ella asintió casi imperceptiblemente.

La música desapareció y el rumor del agua quedó como el único sonido cuando el dueño del radio de baterías se alejó caminando por la arena.

—Hace tiempo que estamos de más aquí, Ana.

—¿Y entonces qué va a ser de ellas?

—Veré que puedo hacer, Ana.

—¿Podrás?

—Ya veremos Ana, ya veremos.

4

KEY WEST, 1963

Mi nombre es Rafael, capitán Markis. —Dejó que el tiempo flotara unos segundos, como especifican los manuales, pero a él le salía natural—. ¿Cómo se las arregló para llegar hasta aquí?

—Creo que lo sabe. —Lo dijo sin ironía—. Robamos un bote con motor entre cuatro exoficiales del ejército cubano. —Abrió las manos en un gesto de franqueza—. Nos lo llevamos de una cooperativa pesquera que está en un lugar llamado Puerto Esperanza, un pueblito de pescadores al norte de la provincia de Pinar del Río, lo más cerca que pudimos encontrar de La Florida.

Rafael, un cubano inconfundible y obviamente oficial de algún servicio de inteligencia norteamericano, pareció asentir con la cabeza.

—En realidad, tres exoficiales, capitán, pues usted seguía en activo.

—Es verdad, aunque no creo que lo siga siendo ahora mismo.

El cubano pasó por alto el comentario.

—¿Cómo se pusieron de acuerdo entre ustedes?, teniendo en cuenta el control de la seguridad de allá y el temor a las posibles delaciones.

Herman se tomó su tiempo para responder.

—Entiendo las dudas que usted puede tener, señor. —Herman discernía perfectamente que estaba hablando con un profesional.

—Olvídese de mis dudas, capitán, es una pregunta que se cae de la mata, ¿no?

—Todos, los cuatro, peleamos duro contra Batista y nos hicimos amigos en los tiempos en que la amistad valía, después nos fueron pasando cosas, a todos, cosas desagradables que nos decepcionaron de aquello. —Herman movió la cabeza en una ligera negación—. Llegamos a la misma conclusión por caminos diferentes, y al llegar ahí, ¿qué otra cosa puede hacerse?

El cubano prendió, con bastante lentitud, un cigarrillo sin filtro y le ofreció otro a Herman. Se inclinó hacia delante y le dio fuego con un encendedor color amarillo canario, barato, de esos que se compran en las estaciones de gasolina.

—Lindas palabras, capitán, pero no contestan mi pregunta.

—O confiábamos o se acababa todo. —Miró fijamente al interrogador cubano—. Yo puse la condición de llevar con nosotros a nuestras mujeres, y en el caso de uno de ellos, divorciado, a su hijo. —Se echó también hacia delante en la silla—. Si la cosa se ponía mala, nos moríamos todos, pues está claro que no estaríamos desarmados, y el que más y el que menos se las ha visto feas en alguna ocasión y sabe usar los hierros, las armas de fuego, así les dicen en Cuba.

—Lo sé, lo sé.

Rafael aspiró con satisfacción el picante humo de su cigarrillo y sonrió mientras lo dejaba escapar por la nariz envolviéndose en una nube blanca y breve.

Manoteó para terminar de disipar el humo.

—Es una buena explicación, aunque deja fuera todo el proceso anterior al robo de la lancha y la fuga, que bien mirado, no era tan difícil para cuatro hombres uniformados y muy bien armados, como usted me explica.

—Solo uno de nosotros cuatro, el exteniente Avilés, conocía con exactitud el lugar. —Herman movió la cabeza afirmativamente—. Aunque reconozco que todos nos imaginábamos que sería por allí, dado que Avilés era el jefe de esa cooperativa, ellos le llaman delegado, de pescadores.

El cubano tiró la ceniza de su cigarrillo al suelo con un gesto indiferente, aunque buscó con la vista por la fea y despoblada habitación un cenicero que no halló.

—Yo no dudo de ustedes, capitán, yo también tuve algo que ver, alguna vez, con la lucha contra Batista, pero esa es una historia muy antigua que no viene al caso. —Levantó un dedo—. Pero quiero que me comprenda. —Su sonrisa y sus gestos eran amables, casi condescendientes—. Mi trabajo es preguntar, y sí, es cierto, a veces incluso dudar. —Se puso de pie con movimientos pausados—. Cuatro capitanes y tenientes de un golpe es algo bastante fuera de lo común, aún para un país donde hay tantos jefes y donde tanta gente quiere irse.

Herman se encogió de hombros.

—Lo entiendo, señor, pero no podíamos detenernos en esas consideraciones cuando estábamos del otro lado del Estrecho. —Sonrió con picardía—. Digamos que del lado más difícil.

El cubano afirmó con la cabeza y dio algunos pasos por la pequeña estancia de la base militar de Boca Chica, adonde los habían trasladado después de que un guardacostas norteamericano los rescatara a unas pocas millas de Dry Tortugas, al oeste de Key West.

—¿Cómo los han tratado? —Quizás solo estaba haciendo tiempo, pero había calidez en sus palabras.

—Muy bien.

—¿Las señoras y el muchacho están bien?

—Creo que sí, aunque hace varias horas que no veo a mi mujer.

—Ella está bien, capitán, y puedo asegurarle que ni tan siquiera ha sido interrogada. —Prendió un nuevo cigarrillo y exhaló con calma el humo—. Ni lo será, por lo menos por ahora.

—Se lo agradezco.

Pareció cavilar por un minuto, aunque para Herman era obvio que lo que fueran a hacer ya estaba decidido de antemano.

—Hagamos una cosa, Markis. —Usó su apellido con un cierto retintín admonitorio, o quizás no, era solo la paranoia de Herman funcionando—. Los llevaremos a algún lugar cómodo de Miami donde puedan alojarse con sus esposas y reponerse un poco del viaje.

—Creo que está siendo irónico, señor, el viaje no llegó ni a dieciocho horas.

—Perdone, capitán, de ninguna manera quise ser irónico, pensaba más en la tensión de los días previos y, sobre todo, pensaba en los que no son militares... —Se le notaba sincero—. Como le decía, iremos a Miami y allí tendremos tiempo suficiente para conversar y pensar en el futuro, salvo... —Lo miró interrogativamente—. Salvo que usted tenga alguna otra idea en la cabeza.

El cubano tomó asiento de nuevo.

—No, no, señor, estamos a la disposición de usted, o de ustedes.

El cubano sonrió picado.

—Mejor, mejor así.

—Mi esposa no tiene familiares en los Estados Unidos, y los míos... —Herman miró al suelo—. No sé bien por donde andan.

—Ya los encontrará, si los busca, claro. —Rafael se rascó detrás de la oreja izquierda—. Todo a su tiempo.

—Sí, puede ser. —El capitán Markis hizo un gesto de indiferencia, uno más.

—Okey, de acuerdo entonces. —El interrogador se frotó las manos como si las tuviera húmedas—. Pero por ahora, Markis, no filtraremos nada de esta deserción, casi en masa, a la prensa. —Puso el dedo índice, verticalmente, frente a la boca en un gesto de silencio—. La discreción nos viene bien a todos, por lo menos en este momento.

—No problema. —Markis se rio de la forma en que lo dijo—. Nuestra intención era dejar aquello atrás, no armar escándalos de ningún tipo, por lo menos en mi caso y en el de mi mujer.

El cubano se rio también.

—¡Markis, su caso es un poco especial, usted es un ciudadano de los Estados Unidos! ¿Me comprende?

—Claro que lo comprendo, señor Rafael.

Rafael se puso de pie.

—Venga conmigo, Markis, está bueno de tanta charla, vamos a que se reúna con su esposa, ¿no le parece?

—Claro que sí, señor, se lo agradezco.

—Después ya veremos cuáles son sus prioridades y cuáles son las nuestras. —Rafael le abrió la puerta con cortesía, pero sin afectación—. A lo mejor concuerdan.

Herman salió al pasillo seguido de cerca por Rafael.

—¿Por qué no, señor?

Caminaron por un pasillo algo estrecho hacia la salida al exterior.

—Vamos, que la tranquilidad de ella es lo que importa ahora.

—De verdad, le estoy agradecido, señor —reafirmó Herman.

—No problema, Markis. —Ambos se rieron de la ocurrencia—. ¿No estamos en el mismo bando?

Anochecía.

5

Miami, 1963

Desde el punto de vista de la facilidad para orientarse, de sus direcciones, de la numeración de sus calles, de la monotonía del colorido de sus construcciones, Miami es una ciudad ordenada, por lo menos más ordenada que otras urbes menos aburridas y más vibrantes.

Si la miras en un mapa sencillo, como el que puedes conseguir en cualquier gasolinera, verás que todas las vías que van de norte a sur (o de sur a norte) se llaman avenidas, y todas las que van de este a oeste (o viceversa) se llaman calles. Hay sus excepciones y particularidades.

Entre las avenidas 122 y 137 y las calles 152 y 184, bien al sur de la ciudad, muy cerca de los pantanos y zonas bajas, hábitat de cocodrilos y culebras que son la fauna característica del extremo inferior de la península de La Florida, hay un terreno enorme y de acceso limitado, con pocas edificaciones, que cuando se le observa desde afuera da la impresión de estar medio vacío y también tiene un cierto aire de establecimiento militar.

La primera impresión es falsa, es cierto que abunda la hierba y los arbustos bajos, pero lo que se dice vacío, no lo está, y la segunda es completamente cierta, aunque en los planos se indique que esas tierras pertenecen a la Universidad de Miami, por lo menos, una buena parte.

Pues bien, en los tiempos de esta historia, allá dentro, lejos de las miradas curiosas de los transeúntes y escasos vecinos, se encontraban, entre otras dependencias gubernamentales, las instalaciones de JM WAVE.

Para 1963 —después del humillante descalabro de Bahía de Cochinos; de la peligrosísima apuesta de la Crisis de los misiles rusos emplazados en Cuba, que puso, en aquellos trece días de octubre del 62, la vida de todos los habitantes del planeta en el filo de una navaja de afeitar; de la empecinada puesta en marcha de la llamada Operación Mangosta, cuyo objetivo era desestabilizar y, de ser posible, eliminar el gobierno de Castro y al propio Castro en persona—, JM WAVE, esa estación de la Agencia Central de Inteligencia se había convertido en un leviatán, una de las más grandes en el planeta, y de las más costosas. Su director, el jefazo Teodoro «Ted» Shackley, conocido entre sus adláteres como Blond Ghost, quizás por aquello de que su pelo era muy rubio y jugaba al espionaje a la antigua usanza de los tiempos heroicos de la Segunda Guerra Mundial —también se decía que le llamaban fantasma porque nunca se dejaba fotografiar—, era todo un señor monarca rodeado por su séquito y secundado por sus vasallos, muchos de los cuales no tenían la menor idea de su existencia, es más, ni tan siquiera sabían para quién en realidad trabajaban, ni que recibían un salario de la Central de Inteligencia norteamericana.

El señor «monarca» tenía su despacho en el denominado edificio 25, un caserón estilo a *Lo que el viento se llevó*, palacete sureño con columnas en el pórtico, bastante anacrónico para aquella época y aquella ciudad con tan exigua historia.

Muy pocos tenían acceso a aquella espaciosa pieza, cómoda y ventilada, pero nada ostentosa, desde la que Shackley, con sus cartas náuticas, sus mapas a escala, sus teléfonos y sus dictáfonos, jugaba a controlar el mundo, por lo menos el mundo caribeño y centroamericano que le había sido asignado por la Agencia.

—Toma asiento, Quintero, y cuéntame las nuevas

de tus conversaciones con los oficiales cubanos recién llegados.

Se notaba la empatía, la buena comunicación entre ambos hombres, uno, Shackley, con una larga historia de éxitos en los servicios especiales norteamericanos, algo empañada en los últimos dos años por la astucia callejera y el implacable accionar de la seguridad cubana, el impertinente y ubicuo G-2 del comandante Barbarroja. El otro, Rafael Quintero, conocido entre sus amigos como Chi-Chi, con menos kilometraje profesional, pero muy buenas relaciones entre los anticastristas y una fidelidad probada a la Agencia desde los días iniciales de aquella subrepticia —y no tanto— guerra.

—Mire Ted, la primera impresión es buena, cuatro oficiales desencantados y muy asustados ante la evidencia de que muchos de sus compañeros han sido ejecutados sin consideraciones o están pudriéndose ya en las prisiones.

—¿No has detectado un infiltrado del G-2? —Shackley lo daba casi como un hecho.

Rafael Quintero podía ser, cuando se lo proponía, muy objetivo y claro en sus exposiciones, tanto en inglés como en español.

—¿Qué puede haber entre ellos un infiltrado? Claro que sí, ni que fuera la primera vez que nos ocurre, de hecho, me llama la atención que un oficial dado de baja del Ejército Rebelde, el de apellido Avilés, fuera destinado a dirigir una empresa pesquera con todo y sus lanchitas. —Rafael se encogió de hombros—. ¿Qué tengamos alguna evidencia positiva de eso? No, negativo, y hemos investigado a estos hombres con gentes que los conocen, tanto aquí como allá.

Shackley asintió y se tomó su tiempo.

—Aquí tenemos, Quintero, dos cuestiones, dos casos separados y distintos, aunque a primera vista no lo parezcan así. —Se puso a hacer dibujitos de barquitos de vela y olitas en secuencia con una estilográfica de tinta azul en un bloc de papel rayado, otro rasgo tradicionalista de Shackley—. Por un lado, tres cubanos desertores que pueden sernos más o menos útiles, si es que quieren colaborar, en análisis de información, reconocimiento fotográfico, entrevistas, apoyo de infiltraciones y cosas como esas, manejando, por supuesto, el mínimo de información clasificada.

Dibujó un círculo con un solo trazo en el papel pautado.

—Pueden incluso hablar por radio en las transmisiones para Cuba y alentar a más compañeros de ellos a desertar, tareas de segundo orden que siempre dejan réditos y no ponen en peligro nuestras operaciones.

Shackley arrancó la hoja de papel, la arrugó hasta hacerla una bolita y la tiró al cesto.

Quintero hizo un gesto de asentimiento.

—Por el otro lado, tenemos el caso de ese capitán Markis. —Trazó una X en la nueva hoja en blanco—. Ese hombre, de ninguna manera, puede quedarse en Miami, podrían hasta matarlo aquí. Ni puede tampoco convertirse, para nada, Quintero, para nada, en una figura pública

El cubano aprobó nuevamente y dijo:

—Y tiene un pasado bastante repulsivo.

—Es un carnicero, Rafael, pero un carnicero nacido en este país.

Shackley meneó la cabeza con estudiada lentitud y continuó:

—Puede que algún día eso tenga cierta utilidad práctica, pero lejos de estos lares. —Tamborileó con los dedos de la mano derecha sobre el elegante escritorio—. Fue el ejecutor de un norteamericano y eso es grave, pero Morgan era un hombre díscolo y problemático, que estaba con nosotros y con algunos otros, o solo con él mismo, ¡ni Dios lo sabe!Quintero frunció los labios antes de hablar:

—Me preguntaba, Ted, por la ley norteamericana y ese incidente...

Shackley tapaba y destapaba ahora su pluma fuente.

—Verás, el comandante Morgan, que a veces parecía no estar bien de la cabeza, renunció a su ciudadanía en un momento de embullo. —Shackley estornudó y sacó un pañuelo blanco del bolsillo trasero del pantalón para soplarse la nariz, no sin antes colocar la estilográfica, con mucho cuidado, sobre el cuadrado de piel y papel secante que cubría una parte del buró—. Se enamoró de una cubana y creyó, de verdad, que iba a ser un dios allá, entre los cubanos. ¡Muy mala jugada de su parte!

—Sí, había escuchado eso antes. —Rafael pareció dudar—. Es más, también he oído que trabajó para nosotros y para la mafia de Nueva York, además de para el propio Castro, por supuesto.

—Traicionó a los batistianos que Trujillo envió por Trinidad, unos necios, y creyó, Quintero, que con esa acción Castro lo dejaría fuera de su control, a su aire. —Sonrió—. Otra torpe apreciación.

—No se puede estar siempre con Dios y con el Diablo, no se debe —afirmó el subalterno.

—¡Ajá! —reafirmó el jefe y miró por la ventana, como apreciando el paisaje, pero todos sabían que el tipo iba tomando sus decisiones poco a poco y en secuencia—. Por eso, Quintero, debemos pasar ese asunto por alto, por lo menos por el momento, como si fuéramos estúpidos y no lo supiéramos. Además, él, Markis, no fue el que lo condenó a muerte, fue Castro, Markis no hizo más que cumplir una orden que le dieron sus jefes de ese momento, ¿no es verdad? —Le sonrió a Quintero.

—Sí, y allá no hay forma de evadirse o no cumplir con las órdenes que vienen de lo alto —agregó Quintero.

—Hubieran matado a Morgan de todas maneras y después se la hubieran cobrado a Markis, de negarse a fusilar a Morgan. —El norteamericano se encogió de hombros—. No tenía manera de evadirse, estaba en el lugar equivocado en el momento equivocado, como dicen.

—Sí, puede alegar eso a su favor. —Quintero se quedó pensativo unos segundos y siguió—:

Si lo presionamos lo hará, no es tonto, he conversado con él.

—En fin, creo que él sabe que está en una trampa, o acepta lo que le propongamos y colabora, o va a pasar mucho trabajo para incorporarse de nuevo al país donde nació.

—Si es que sobrevive aquí.

—Va a sobrevivir, pero gracias a nosotros.

—¿Se lo traspaso a alguien en específico?, ¿a algún otro oficial de caso? —preguntó el agente.

—Por lo pronto, sepáralo a él y a su mujer de los otros. —El jefe pensó unos instantes—. Esa «amistad entre compañeros de armas» terminó para siempre al arribar a nuestras costas.

Quintero asintió una vez más.

—Estoy seguro que él va a aceptar cualquier tarea en cualquier lugar, con tal de no tener que vivir entre cubanos exiliados —ultimó el director—.

—Estaría loco si se pasea por estas calles —afirmó Quintero.

—No me parece que Markis esté, como el infortunado comandante Morgan, mal de la cabeza.

Ted Shackley dio una blanda palmadita sobre la superficie pulida del buró para indicar que la charla había finalizado:

—Okey Quintero, consultaré con la Central y ya te diré qué hacer con él. —Arrancó la hoja—. Con los demás haces lo mismo de siempre, y si alguno quiere irse con los familiares, si es que tienen alguno acá, pues adelante, que gente es lo que nos sobra.

—Muy bien, jefe.

—Ve con Dios, hijo.
El director le sonrió maliciosamente a su agente.
—Y buena suerte.

6

BANGKOK, 1965

En el año 1965, Tailandia, la enigmática e inescruta-
ble Siam de *El Rey y yo*, nación que podía vanaglo-
riarse de no haber sido conquistada por algún colonia-
lista extranjero —aunque tanto los franceses como los
ingleses le habían arrebatado pedazos de su territorio,
tiempo atrás—, se encontraba prácticamente rodeada
por un polvorín a punto de estallar, que ya estaba infla-
mándose por tres puntos al mismo tiempo que, aunque
poco conocidos todavía para los occidentales, en breve
se convertirían en presencia constante del habla popular: Vietnam, Laos y Camboya.

Conscientes de que ese polvorín y todo el resto del
sudeste asiático, incluyendo la propia Tailandia, estaban en serio peligro de caer en manos de los comunistas
autóctonos apoyados por la China de Mao y la Unión
Soviética, los Estados Unidos venían, desde hacía tiempo, moviendo sus recursos económicos, militares y de
inteligencia hacia la zona.

Herman Markis, el joven idealista que se deslizó por
la pendiente cada vez más inclinada que comenzaba en
la rebelión mediática y heroica de los barbudos cubanos hasta arribar, triunfante, a la revolución dura y
real, implacable, para convertirse entonces en un eficaz
burócrata de las ejecuciones sumarias, y que, gracias
a esos extraños saltos que suele dar la vida, recaló, en
enero de 1965, como uno más de esos recursos militares, ahora del lado norteamericano, a Bangkok, «el pueblito de la ciruela silvestre», la ya enorme, laberíntica y

desparramada capital imperial de la gran Tailandia.

Aterrizaron, Ana y él, con los cuerpos molidos por el larguísimo viaje y algo azorados ante lo desconocido, en el aeropuerto internacional de Bangkok, bastante grande y moderno, pero lejos aún de lo que llegaría a ser en unos pocos años.

Aún en Miami, bajo la protección de JM WAVE, se llegó fácilmente a un acuerdo verbal entre Herman Markis y un oficial de la CIA con un nombre evidentemente falso y bastante poder, por lo menos aparente, por el que esta última se comprometía a ayudar de alguna manera: algo de dinero, pequeñas cantidades de víveres y ropas, a la madre y la hermana de Ana María, que habían quedado en Cuba negadas rotundamente a salir de aquella ratonera que se iba estrechando y alejando cada vez más del orbe occidental.

Acuerdo que fue cumplido bajo mínimos —parece ser que, incluso, lo intentaron de buena fe—, pero no se pudo porque la situación interna y el control de seguridad en la isla lo hacían poco menos que imposible. Además, ponía en serio peligro, para un logro muy magro y carente de sentido operativo, a un recurso humano de la Compañía y a las propias interesadas, Ana y Gretel, bien que siempre quedaba la esperanza, que el tópico sostiene que es lo último que se pierde.

Él, Herman, hizo lo que pudo y con muy buena voluntad: *nothing*, nada.

Después del acuerdo con la CIA, ambos, Herman y Ana María, fueron trasladados en pocos días a la ciudad de Washington, donde él se incorporó a un curso de instrucción paramilitar en una base cercana a la ciudad y ella comenzó a trabajar como cajera en una tiendecita de abarrotes regentada por un matrimonio, polaca ella, italiano él, y a estudiar inglés en las noches. Vivían en un pequeño apartamento situado en el suburbio de Seven Corners, al otro lado del río Potomac, en la ciudad de Arlington, uno de esos bonitos conglomerados de viviendas que rodean a la capital.

Desde su minúsculo balconcito podían ver las colinas onduladas del Cementerio Nacional y más allá, cruzando el río, la aguja del Monumento a Washington, la larga extensión del Mall y la cúpula blanca del Capitolio Nacional.

Un domingo, mientras caía aguanieve y la poca luz del día comenzaba a declinar, Herman, parado tras los cristales mientras esperaba a que Ana terminara de vestirse y abrigarse para bajar a comer algo y tomarse unas cervezas, se preguntó, mirando en el vasto cementerio la borrosa mancha de las miles y miles de cruces blancas alineadas, sinuosas y perfectas, bajo cuántas de ellas habría un fusilado, un ejecutado por cualquier banalidad que en tiempos de paz no pasaría de un simple regaño o un insulto intrascendente, si acaso.

Pero la animada voz de Ana cortó el hilo de aquellos pensamientos, especulaciones mentales que no le hacían bien y ya era tiempo de ir abandonando en un pasado que cada vez se le antojaba más lejano y fuera de lugar.

En ese apartamento se refugiaron casi un año, pasando frío, durmiendo poco, amándose como unos chiflados fuera de control, descubriendo morbos nuevos y áreas de húmedas mucosas que desconocían que tenían en el cuerpo —aunque, aun intentándolo esporádicamente, era difícil eso de correrse afuera y evitar el preñamiento, así decía él, de Ana— y viendo en la televisión, cuando podían, que no era lo común, el fenómeno de Los Beatles en gira por los Estados Unidos, las peleas congresionales y en las calles, por la ley de Derechos Civiles de Johnson, y en noviembre las elecciones presidenciales en las que el mismo Lyndon Johnson, el heredero inesperado de Kennedy, destrozó al senador republicano Barry Goldwater, un derechista del que se decía, en broma, que quería restablecer la esclavitud.

Las Navidades del 64, frías como pocas, fueron una mezcla de deslumbramiento, felicidad y dolor contenido, sobre todo para Ana María que vivía con el corazón apretado por los que habían quedado en Cuba y de los que sabía, en realidad, muy poco, por no decir que casi nada.

El día de Año Nuevo del 65, Ana se enteró de dos cosas al mismo tiempo: Herman le explicó que se iban a un lugar remoto, al otro lado del mundo y por no se sabía cuánto tiempo, pero que seguirían juntos y mejorarían sus finanzas, ¡gracias a Dios!; y advirtió, por las náuseas y la falta de menstruación, que estaba embarazada.

—De hoy en adelante se acabó el sexo hasta que nazca el niño —declaró Herman en tono doctoral.

—¡*Nanay*, amor, no seas bruto, que eso, bien hecho, no hace daño!

Pero ni hablar de quedarse atrás por la maternidad, su hombre era su hombre y había que seguirlo adonde fuera, al fin del mundo, tal y como le expresó rotundamente en una tarde inolvidable para ella y para él, en la playa cubana de Guanabo.

Bangkok, una ciudad gigantesca y desparramada, aunque desconcertante y turbadora para el no iniciado, resultó ser mucho menos amenazadora de lo que parecía.

Ocuparon un pequeño departamento en un moderno edificio de diez plantas habitado casi completamente por funcionarios de la embajada norteamericana o de otras legaciones occidentales, ubicado en el distrito de Watthana, a pocas manzanas de distancia de unos edificios bajos pero espaciosos y muy funcionales, rodeados de campos deportivos, que acogían al que todos llamaban Colegio Americano de Bangkok.

Ana fue, un par de semanas después de instalarse, aceptada —alguien o algo desconocido para ella la reco-

mendó a la dirección del centro docente— como ayu-
dante en la biblioteca de ese mismo Colegio Americano de Tailandia, un lugar acogedor donde se hablaba
y aprendía inglés, que se asemejaba mucho a una ins-
titución educacional de buen nivel en los Estados Unidos, con la diferencia de que los alumnos, hijos casi
todos de funcionarios diplomáticos, agregados militares, representantes comerciales, gerentes de compañías
internacionales y banqueros, u otras ocupaciones más
heterodoxas y misteriosas, venían de los cuatro puntos
cardinales del planeta, resultando en una pintoresca
variedad de lenguas, formas de vestir, gustos culinarios
y personajes.

Desde norteamericanos, por supuesto, a indios de la
India, belgas, alemanes y portugueses, chilenos y sue-
cos, australianos, taiwaneses, argentinos, suizos, mexi-
canos y un sinfín más de especímenes humanos, un
arcoíris de nacionalidades. Un lugar realmente muy
interesante y de fácil socialización, siempre y cuando
no se indagara mucho sobre las actividades paternas, e
incluso maternas, del alumnado.

Todavía no había cubanos allí, Ana fue la primera,
aunque las conmociones políticas de la lejana isla, los
éxodos sucesivos, el éxito y la expansión empresarial y
las guerras indochinas que estaban por venir, traerían
más cubanos en un porvenir que no estaba nada lejano,
a la vuelta de la esquina.

Lo que era patente en el Colegio es que la matrícula
costaba cara, los recursos no escaseaban y se le pagaba
bien al personal docente y administrativo.

¿Qué más se podía pedir?

De hecho, y eso le pareció a Ana una especie de milagro, una maestra oriunda del Canadá con la que hizo
muy buenas migas —tenían más o menos la misma edad
y sus respectivos maridos eran militares con funciones
poco claras y largos períodos de ausencia—, tenía una

hermana que trabajaba en la embajada canadiense en La Habana, a la que no le resultaba tan complicado, siempre y cuando se hiciera con mucha discreción, facilitarle algunos comestibles y algo de dinero a Gretel.

Herman se incorporó, en pocos días, a su nueva labor de instructor de los PARU (*Police Aerial Resupply Unit*), una unidad paramilitar de la policía política tailandesa creada varios años atrás, con funciones encubiertas y generalmente bastante cuestionables, por decirlo de alguna manera, pero necesarias si se quería evitar que los comunistas y los rebeldes antimonárquicos ganaran terreno y fuerza en aquellas tierras.

Ana, claro está, desconocía los detalles, para ella su marido trabajaba como instructor del ejército imperial dentro del marco de la ayuda norteamericana para el desarrollo, y eso bastaba. O debía bastarle.

A Ana le preocupaban dos cosas solamente: la integridad física de su marido —ya se hablaba abiertamente de bajas norteamericanas en Vietnam del Sur—, y dónde y con qué facilidades a la mano nacería el hijo que llevaba dentro.

Lo otro, su madre y sus hermanos, ya no eran una preocupación concreta y evidente, era solamente un dolor sordo y soportable que se exacerbaba cuando se veía rodeada de demasiada paz.

Por eso funcionaba muy bien aturdirse con la adaptación al nuevo ambiente, acomodar y poner bonita la casa, perfeccionar el inglés y hacer bien su trabajo.

El tiempo sana.

Dicen.

7

U Tapao Air Base, 1965

Por carretera, el viaje de la periferia sur de Bangkok a Pattaya —atravesar la atestada capital de un extremo al otro podría tomar bastante tiempo— puede hacerse en unas dos horas y media, dependiendo de la calidad del vehículo, la hora del día o de la noche, y que no ocurran accidentes graves, roturas de camiones u otros incidentes, como elefantes o bueyes paseando mansamente por la vía, que obstaculicen el libre tránsito.

En 1965, Pattaya ya se anunciaba como un amistoso pueblo de playa para los extranjeros, un balneario con muy buena comida, tanto tailandesa como internacional, gente amable y sonriente, muchos locales de diversión y entretenimiento, incluso algunos nada convencionales, y unos códigos morales y sexuales tan flexibles como una contorsionista japonesa, en fin, un rinconcito para pasarse dos o tres días a lo grande, tanto para familias decentes como para degenerados, y degeneradas, de toda laya, y por precios bastante asequibles al bolsillo promedio.

Dejando atrás Pattaya y siguiendo por la carretera número 3, Sukhumvit Road, hacia el sur y luego hacia el sureste, se llega, en unos cuarenta y cinco o cincuenta minutos, a Phla Rayong, una zona bastante anodina y no muy poblada, con arrozales, palmeras, mezquites, enormes ébanos desperdigados por todo el campo, algunos árboles de kalule cauchero aquí y allá, vegetación abundante y muy verde a tramos, bueyes pastando o uncidos al yugo, y manglares en la distancia, recordatorio de la cercanía de las aguas bajas del recodo norte del Golfo de Tailandia o Golfo de Siam, un dedo líquido que se adentra en el país como el índice explorador de un proctólogo se adentra recto arriba.

Ahí, en Phla Rayong, dejando la ruta número 3 y tomando una carretera secundaria, pero en buen estado, se topa uno de pronto con las alambradas y las torres de vigilancia de la base aérea de U Tapao, una de las cinco o seis instalaciones militares que los norteamericanos construyeron por aquellos años en diferentes lugares del territorio tailandés, con las que previeron, con mucho acierto, que se convertirían en críticos puntos de almacenamiento de combustible y municiones, operaciones de interdicción y apoyo, reparación de equipos y otros menesteres determinantes para las gigantescas campañas aéreas por venir, sobre todo, del cielo de Indochina.

Pero U Tapao estaba destinada a crecer más que las otras y a convertirse en la base aérea norteamericana más importante del Asia —exceptuando, quizás, el formidable aeródromo de Kadena, en Okinawa, Japón, y el emplazamiento de Osan, en Corea del Sur —, para albergar las alas de superbombarderos B-52 y de veloces F-111 que habrían de machacar inmisericordemente, y con una discutible y relativa eficacia, tanto a Vietnam del Sur como a Vietnam del Norte, la denominada Ruta Ho Chi Minh, Laos y Camboya, a medida que la guerra se iba saliendo de control, de madre, en los años por venir.

El instructor Herman Markis no arribó en una mañana de enero a U Tapao para pilotar aviones, sino para integrarse como asesor —los thai son muy celosos de sus rangos y jefaturas— de un pelotón PARU denominado *crash site*, los hombres que, por lo menos en teoría, debían arribar a los lugares remotos donde se hubiera producido la caída de un avión o helicóptero —amigo o enemigo, legal o ilegal —, para rescatar sobrevivientes, contar y empaquetar cadáveres, tomar fotografías, recolectar material interesante y salvaguardar toda la información posible que pudiera mejorar la inteligencia del ejército del reino y, de paso, la del ejército y las agencias de espionaje norteamericanas.

Claro que se cumplían otras misiones, sobre todo en las regiones intrincadas proclives a la subversión, y en la relativamente cercana y poco defendida Camboya. Pero esos cometidos eran sigilosos y mudos, pues Camboya era un país soberano y aliado, hasta ese momento, y se supone que a los amigos no se les viola su privacidad ni sus bordes fronterizos, por muy porosos que estos sean.

Ya Herman comenzaba a aburrirse después de un par de semanas de largas y fatigosas caminatas diurnas por el monte. Los pastizales casi siempre encharcados y los manglares costeros, atormentados todo el tiempo por las lluvias, por suerte no tan furiosas como en el verano, y los mosquitos, jejenes y otros bichos cuyos nombres no había tenido aun tiempo de aprender, para después holgazanear antes de la puesta del sol y del caliente y abundante *rancho* y caer rendidos entonces sobre las literas, hasta el alba.

Cuando menos se esperaba, —¡por fin, menos mal!— llegó la orden de mover el pelotón. Unos quince hombres hacia un lugar que les sería informado sobre la marcha.

En un par de *jeeps* y un camión se desplazaron hasta el distrito de Rayong, un poco más al oeste de donde la carretera número 3 empalma con la 36, y guiados por un habitante de la zona, obviamente un informante de la policía, dejaron los vehículos y se metieron, a pie y en fila india separada, por veredas en la selva que los llevaron hasta una zona de pequeñas colinas boscosas.

Los mandos de las guerrillas comunistas, que proliferaban cada vez más en los países limítrofes, estaban obsesionados con penetrar Tailandia, y el gobierno militar thai (el rey Bhumibol Adulyadej, reverenciado también como Rama IX y conocido como el tuerto que, por cierto, nació en los Estados Unidos, era en realidad una figura para adorar, decorativa, no para dar órdenes ni ser obedecido) estaba obsesionado con impedirlo a toda costa.

Se trataba simplemente de una operación de eliminación y limpieza de un escuálido grupo que aspiraba a guerrillero, unos infelices jugando a la guerra, y, de paso, la obtención de lenguas que informaran sobre sus contactos y posibles abastecedores.

La acción, en sí, aunque hubo que caminar mucho y sudar a mares en aquella jodida selva, no duró más de media hora.

Los ocho o nueve guerrilleros, unos jóvenes imberbes, o eso parecían, fueron sorprendidos desde varios lados al mismo tiempo y cualquier posibilidad de escape fue cortada silenciosa y profesionalmente.

Tres o cuatro murieron acribillados a balazos en un intento desesperado de resistir y el resto, después de corretear un poco de un lado a otro, se entregaron prisioneros, lloriqueando, haciendo aspavientos y clamando por sus vidas.

Del interrogatorio —malas, muy malas noticias para los pobres diablos capturados ese amargo trago del interrogatorio — y análisis de la información obtenida se encargaría otro grupo PARU, especializado en esos tenebrosos menesteres.

Pero lo que Herman no sabía es que ese día, hoy, aquí mismo, sería su prueba de fuego ante los paramilitares thai.

Como asesor extranjero podía evadirla porque su trabajo era orientar, enseñar, y no matar, pero si no lo hacía, si demostraba que no estaba a la altura de la rudeza y frialdad de temple de los hombres que acompañaba, su labor, avalada por el prestigio de los duros, de ahí en adelante sería poco menos que inservible.

Comprendió de inmediato, instintivamente, que ese era un ritual de iniciación no escrito de los grupos PARU, que debían tragarse, sin chistar, los asesores extranjeros, o, en caso contrario, recoger sus matules e irse andando.

Al retirarse, caminaron sin apuro hasta una sabaneta despejada donde los recogería un helicóptero Choctaw H-34, un cacharro volante con visible óxido en las descoloridas latas, vibraciones espasmódicas y con más horas de vuelo que años tenía Matusalén, pero donde cabían todos: el pelotón completo y los prisioneros... menos uno, según le informó el zorro hijo de puta thai que comandaba el pelotón.

—No cabe porque pesa mucho —le dijo el tipo con una sonrisa descarada, cínica.

Herman lo miró desde arriba, el cabrón era bajito, y estuvo a punto de ordenarle que se fuera a pie, o al carajo, pero se contuvo.

El que no cabía en el helicóptero —a los ojos de Herman, un enjuto y mugriento chinito con las manos atadas a la espalda con una cuerda de cáñamo y la mirada extraviada detrás de los ojitos rasgados, que no pesaba ni cien libras— se quedó parado sin saber exactamente qué estaba pasando, aunque detrás de aquellos rostros inexpresivos nunca se sabía en verdad lo que sabían o lo que razonaban.

En sus años de burócrata, como él sostenía, Herman nunca había formado parte, como tirador, de un pelotón de fusilamiento. Su trabajo siempre había consistido en dirigir la escuadra de fusileros desde un costado —el consabido preparen, apunten... fuego— y dar el tiro de gracia, o los tiros, que a veces uno solo no lograba su objetivo.

Invariablemente, el perdedor, el hombre al que él le disparaba a la cabeza, ya estaba muerto o tan maltrecho por las balas de cinco o seis fusiles de combate, que ni se daba cuenta de lo que él le haría. En unas pocas ocasiones, el tipo se movía y se quejaba, o incluso, un par de veces, le suplicaba, entre espasmos y buches de sangre, que terminara aquello de una vez.

La pesadilla recurrente que lo despertaba transpirando, y que Ana había aprendido a calmar con sus abrazos, la constituía un mulato fuerte y torvo, silencioso, antiguo policía del gobierno de Batista, que vino hasta el muro caminando, sin permitir que nadie lo tocara. Se paró derecho, como si tuviera un palo metido por el culo, y escupió groseramente un salivazo hacia los seis soldaditos que conformaban el pelotón de ejecución.

Herman había aprendido que con tipos así lo mejor era acelerar el proceso, sobre todo cuando los miembros del pelotón ejecutor eran demasiado jóvenes o muy nuevos en la faena.

El condenado recibió la cerrada descarga en pleno torso —hasta humo blanco se desprendió en dos o tres lugares de la desastrada ropa de recluso— y se cayó de nalgas con un sonido de costal de viandas. Y ahí se quedó, con las manos apoyadas en el suelo desigual, pedregoso y sucio del foso de la fortaleza, mientras le brotaba sangre de las heridas en el pecho y la barriga.

Cuando Herman se acercó para dar fin a aquel espanto, el tipo lo miró con un odio vidrioso, profundo, desmedido y volvió a escupir, esta vez sin mucha fuerza. Herman, despacio, le dio la vuelta por la espalda y le disparó a la nuca casi a bocajarro, pero la bala, de forma insólita, le pegó en el hombro izquierdo. El hombre se inclinó hacia delante, volvió enseguida a enderezarse y palmeó el suelo con la urgencia del que quiere algo y no lo obtiene. Y sí, se quedó, para sorpresa de Herman y de todo el pelotón, en la misma posición, sentado.

Herman apretó el gatillo otra vez e inconcebiblemente el plomo, un proyectil calibre 45 reforzado, le arrancó al individuo un pedazo de la oreja izquierda, le hizo un surco en la cara y nada más. El mulato trató de incorporarse balbuceando algo como una oración o una letanía en un lenguaje extraño y cavernario, indescifrable para Herman.

No pudo ponerse de pie, aunque lo intentó afanosamente, por lo que volvió a dar golpes con las palmas de las manos en la tierra, con una vehemencia semejante a la de los rumberos golpeando un cajón o una tumbadora.

¿¡Qué coño era aquello!?

Entonces, ante la perplejidad de todos los presentes, un miembro del pelotón, un negro flaco y esmirriado al que le quedaba grande el uniforme verde oliva, violando las reglas castrenses de silencio y orden, le gritó a Herman:

—¡Capitán, por su madre, quítele el resguardo, quíteselo!

Herman no entendía lo que quería decir aquel hombre y seguramente el desconcierto y la confusión se le veían a la legua.

—¡Capitán, capitán, permiso para ayudarlo! —volvió gritar el soldado.

Herman, completamente rebasado por lo que estaba pasando, no lo autorizó ni le impidió hacerlo, sencillamente porque no tenía la menor idea de qué decir o hacer.

El negro salió de formación sin esperar más y recorrió, en siete u ocho rápidas zancadas, el espacio de grava que lo separaba del lugar donde estaba el mulato sentado en el suelo, desangrándose, dando palmetazos con las manos y recitando su inentendible letanía, invocación o lo que puñetas fuera.

Herman observaba todo aquello con la boca abierta como un pescado, incapaz de hacer valer su autoridad, sosteniendo en la mano un arma que parecía haber per-

dido su poder mortífero, letal, contra aquel sujeto iner-
me y desarmado, pero obviamente, y contra todo pronóstico, vivo.

Sin hacer caso de Herman, que lo miraba hacer, el
negro se terció el fusil FAL a la espalda, se agachó con
agilidad evitando mirar a la cara del moribundo, le rodeó
el cuello con las huesudas manos y le arrancó del cuello, de un tirón y con fuerza, una especie de cadena de
metal, que no parecía oro, con un saquito de arpillera,
al tiempo que le hacía la señal de la cruz sobre la cabeza
y recitaba de carretilla una breve oración, o petición, en
un lenguaje que no era el castellano, pero que se asemejaba mucho, o era el mismo, de la letanía que recitaba
el tipo.

—¡Tírele ahora, tírele, capitán, no lo haga sufrir más!
—pidió el negro y regresó corriendo al grupo de tirado-
res, que observaba paralizado por el asombro, lanzando
con fuerza aquella cosa que le había arrancado al individuo, lo más lejos que pudo.

—¡Tírele, capitán, por su madre, tírele ya! —repitió.

Herman, controlando a duras penas el temblor de la
mano, disparó sin apuntar y el mulato se cayó redondo
hacia un costado, tieso como un palo, muerto.

Aunque el último proyectil que Herman le metió en
la nuca al hombre le había salido por un costado del
cuello, desencajándole un poco la mandíbula inferior, el
rostro del finado denotaba paz, un sosiego que resultaba
inexplicable, teniendo en cuenta todo lo anteriormente
padecido, para terminar de irse al otro lado, o adonde
quiera que fueran los que se morían.

Después, en el pabellón dormitorio, los miembros del
pelotón ejecutor y otros soldados le dieron a beber directamente de una botella de ron barato. Herman lo necesitaba sin falta, y le explicaron que un resguardo es un
«trabajo», una «obra» hecha por el sacerdote de una reli-
gión afrocubana a un creyente, en este caso, el mulato

condenado a muerte, para preservar su vida de todo el mal que pudiera amenazarle.

El resguardo se elaboraba con huesos humanos, restos de determinados animales, yerbas, semillas y otros materiales que se ofrecían a un *orisha* —un santo—, que era el encargado de suministrar la protección al creyente después de una prolongada y abigarrada ceremonia secreta.

Ese trabajo, claro está, se lo habían hecho mucho tiempo antes y a nadie, por desconocimiento, se le había ocurrido quitárselo del cuello cuando lo cogieron preso y lo condenaron a morir.

Cuando Herman se lo contó, sin muchos pelos y señales, al de la boina negra, todavía bajo la impresión del pasmo que le ocasionó aquello, este le dijo con un dejo indiscutible de desprecio, desde el escudo de su superioridad ideológica y arrogancia habituales:

—Pendejadas, Herman, y no seas comemierda, no vuelvas a permitir que los del pelotón se te vayan por encima... —Estaba prendiendo un tabaco y lo miraba como de soslayo—. ¿O es que ya no tienes huevos para hacer ese trabajo tan sencillo?

Herman le pidió disculpas, le achacó el incidente a su desconocimiento de la idiosincrasia de los negros cubanos y no le dijo lo que tenía en la punta de la lengua:

«¡Qué fácil es putearme aquí, en la oficina!, pero ¿qué carajo hubiera hecho usted en ese caso?».

Pero todo eso había quedado muy atrás, salvo en sus recurrentes pesadillas.

Con una calma que no sentía, Herman se acercó despacio al chiquillo y le señaló con un dedo hacia un punto distante al otro lado del helicóptero, indefinidamente lejos.

Tuvo la fugaz idea de que le estaba señalando a Dios, ¿a qué dios?

El ruido del motor del aparato era ensordecedor y el

aire desplazado por las aspas, azotándole las caras, lo hacía todo más desordenado y confuso.

Cuando el muchacho giró la cabeza, como aturdido, tratando de entender lo que se suponía que debía ver en aquel lugar que no acababa de ubicar, Herman le metió, casi como un reflejo, una bala detrás de la oreja derecha con su reglamentaria Colt 45.

El cuerpo saltó en el aire, primero hacia arriba, y en una décima de segundo cayó hacia adelante como si un ariete lo hubiera golpeado.

Movió convulsivamente una pierna y se quedó completamente quieto.

Herman corrió hacia el helicóptero que ya estaba despegando las lisas gomas del tren de aterrizaje de la hojarasca del suelo. Dos pares de recias manos lo ayudaron a subir y se metió a empujones y codazos entre los soldados que, aunque no entendía lo que decían, obviamente ya estaban hablando y riendo de otras cosas que nada tenían que ver con los despojos, bajas inevitables, que quedaban en la tierra, como comida de las aves carroñeras.

Pájaros negros que ya daban vueltas en el cielo.

Aguardando.

8

Royal Thai Air Force Hospital, 1965

Ana María, con una descomunal barriga de ocho meses de gestación y molestas inflamaciones en los tobillos y las piernas, aparte del persistente dolor de espalda, no estaba en condiciones de volar veinte o más horas hasta Washington. Además, ¿para estar en compañía de quién?

Herman, la única persona que tenía en ese mundo, pudo haberla acompañado en las últimas dos o tres semanas, pero no era aconsejable ir tan lejos. Por eso, al fin, decidieron, después de dudas y diarios cambios de opinión, que el parto fuera en Bangkok y que ocurriera lo que Dios quisiera. Y lo que Dios quiso es que un instructor de los PARU igual que él, pero con varios años de experiencia en aquellas tierras, le habló a Herman, mientras se tomaban un par de cervezas en la cantina de la base, de una obstetra thai —mujer de un coronel de los *rangers* norteamericanos—, que había estudiado medicina y hecho su especialidad en algún hospital, no sabía cuál, de los Estados Unidos.

Bastaba con preguntarle al marido de la tal doctora, un tipo muy corpulento y entrado en años que parecía un John Wayne de pelo blanco y panza gruesa, y que era todo un mito viviente entre los hombres de las fuerzas especiales y los paracaidistas, pero también un jodedor muy accesible. Así que allá se fueron, ambos, a buscarlo

—¡Qué mi mujer atienda a tu mujer! —El norteamericano le pasó el brazo de oso por encima de los hombros a Herman—. Pero eso le costará una ronda de cervezas, jovencito.

Y del dicho al hecho.

La doctora Sirikit —por cierto, el mismo nombre de la emperatriz de Tailandia— trabajaba en el departamento de obstetricia del Hospital Real de la Fuerza Aérea Thai. El Hospital Real era, es todavía, un edificio macizo y adusto en forma de U, pero muy bien acondicionado y ubicado en Sai Mai, en la periferia norte de la capital, justo frente al aeropuerto Don Mueang, separado de este solo por la autopista número 1 que une a Bangkok con la meseta central, la ciudad de Chiang Mai, las tierras altas y la tierra de nadie del Triángulo de Oro, el agujero negro del tráfico internacional de opio.

Menuda, agradable sin ser bonita (los thais no suelen ser bien parecidos en el sentido occidental de la palabra, pero tienen otros valores que enganchan a los que los conocen bien), nerviosa, extremadamente competente, bastante mandona y dominante con sus subordinados, la doctora Sirikit resultó ser, más que un médico, una sabia consejera, y después de algún tiempo, una buena amiga.

Le contó a Ana de sus soledades y sobresaltos en los Estados Unidos, donde no conocía a nadie ni entendía fluidamente el idioma, cuando arribó acompañando a su marido, un soldado aventurero, bebedor y mujeriego, al que había conocido en la época de la Guerra de Corea, y al que había domado a golpes de ese amor sabio, perseverancia y fuerza de carácter, que años después haría muy famosas a otras dos asiáticas, también mandonas y autocráticas, pero extraordinariamente sagaces: Imelda Marcos y Yoko Ono.

Al final, después de parirle varios hijos al americano, había terminado por arrastrarlo de vuelta al país de ella, Tailandia, donde esperaba que él, bastante mayor que ella, se retirara pronto del servicio activo.

—Aunque estos bobos nunca se retiran del todo —le

dijo a Ana sonriendo pícaramente—. ¡Así creen que se libran de nosotras!

Y esperando también que envejecieran juntos mirando desde el balcón de su bonito apartamento el río Chao Phraya correr hacia el mar en el atardecer, y comprando, ella en persona, los comestibles frescos —la cocina era parte de su encanto— en los mercados flotantes de los canales, que aunque olieran mal, y al decir eso se reía con ganas, eran los canales de su ciudad, la que había aprendido a amar desde niña.

La historia tenía muchas semejanzas con la de Ana, pero Ana dudaba de que su propia historia tuviera un desenlace tan feliz y apacible como el que se prometía la doctora Sirikit.

Para evitarle viajes en automóvil por las endemoniadas calles y carreteras de Bangkok, la doctora le dio ingreso a Ana, exagerando el problema de los edemas y el aumento de la presión arterial, varios días antes del parto. Y cada vez que disponía de unos minutos pasaba por su habitación, en el ala de oficiales del hospital, para conversar un rato, regalarle caramelos que luego ella misma le prohibía en sus indicaciones médicas y de paso levantarle el ánimo.

—¿Cómo va la cubana y el cubano que esperamos?

—Usted es la que sabe cómo vamos, doctora. —Y Ana sonreía aliviada de que alguien le ofreciera la seguridad y la fuerza que tantas veces solían escapársele.

—Tienes que eliminar toda la sal y todo el azúcar de tu dieta. —La señalaba adusta y admonitoria con el dedo, al tiempo que abría la gaveta de su mesa de noche y dejaba caer un par de bombones de chocolate suizo.

—¡A sus órdenes, doctora Sirikit! —Y Ana saludaba militarmente.

Una mañana muy temprano —la doctora comenzaba a pasar visita a sus parturientas al amanecer— le colocó, junto al minúsculo crucifijo de oro que Gretel cargaba de un lado a otro desde Cuba, un Buda yacente tallado en jade.

—Es para la buena suerte de la cubanita y el cubanito. —Levantó el dedo índice en el aire admonitoriamente—. No me des las gracias.

—¿Qué hago entonces?

—Nada. —Le pellizcó un antebrazo—. Descansar y dormir como las chicas buenas.

Fueron días de esperanza, pero también de depresivas evocaciones de su madre, convertida ahora en enemiga, y probablemente desconocedora y desinteresada en el hecho de que pronto sería abuela; de su hermana Gretel, sacrificada, inmolada por el egoísmo de todos; de su hermano presidiario, al que a veces ya casi no podía ni recordar con detalles, lo que la espantaba y la llenaba de remordimientos insensatos pero opresivos.

En las tardes, sobre todo en las oscuras anochecidas de lluvias torrenciales, vendavales furiosos y espesos, típicos de aquel país extraño, Ana se preguntaba qué coño hacía allí, a miles de kilómetros de su hogar y su ciudad, atada a la suerte de un hombre al que quería muchísimo y al que deseaba casi como el primer día, ahora con más ternura y menos arrebato, pero del que no conocía casi nada. Un hombre que desaparecía por semanas, del que sabía que era huérfano de padre y que tenía una madre *hippie* con un hijo pequeño de otro hombre, en algún lugar de California, y a la que algún día visitarían, cuando las cosas, eventualmente, volvieran a la normalidad, si es que alguna vez volvían. Su panza estaba cada vez más baja y puntiaguda, la espalda baja se le partía de dolor y no quería saber nada de nada, salvo de la comida, por eso soñaba con un plato de picadillo de carne molida de primera con arroz blanco, pasas y aceitunas, como los que cocinaba su madre en los viejos y buenos tiempos que ya nunca volverían.

—¡Voy a reventar, doctora!

—¡Ja!, si me hubieras visto en mi segundo embarazo. —Sirikit dio un saltito y se sentó, violando sus propias reglas, en el borde de la cama—. Parecía un huso de hilar, barriga de sapo, una cabecita encima y mis dos paticas flacas por debajo.

—¡Pero no puedo más!

—Claro que puedes, cubanita. —Y siguió caminando hacia la puerta.

Ana rompió aguas en la duermevela de una noche tranquila.

Herman, que se llevaba bien con sus jefes y gozaba de licencia, la acompañó, amedrentado y tieso, en esa mañana que se anunciaba —cosa rara— fresca y soleada, a la sala de partos, donde la doctora Sirikit dejó de ser la amiga —esas transformaciones eran parte de su personalidad y ocurrían sin transiciones aparentes—, para convertirse en la profesional escrupulosa y eficaz que siempre dominaba, como un general tropero, el escenario, su personal campo de batalla.

Ana, una cubana de pelvis robusta y caderas anchas, ejercitadas ambas en sus caminatas habituales y en brindar felicidad a su hombre, a su macho, dio a luz un crío de siete libras de peso, que berreó con bríos casi al mismo instante de salir al mundo.

La doctora Sirikit le palmeó al recién nacido las viscosas nalgas con su manita chiquitica pero recia como una fusta, lo levantó en el aire y dijo algo en thai que Ana no entendió y Herman barruntó como una especie de jocosa blasfemia cuartelera. Colocó la cosita colorada en el platillo de una pesa, le limpió la cara, revisó con gestos hábiles el orificio del culito y los minúsculos y arrugados testículos, hizo algo con el cordón umbilical y dio un par de órdenes a las ayudantes.

Se viró hacia Ana y Herman con el niño en las manos.

La doctora lo mostró, como una ofrenda, a los asustados padres.

—¡El *fucking* cubanito!

—¡Un cubanazo! —dijo Herman.

—¡Y medio americano! —dejó escapar, con un cansado suspiro de alivio, Ana.

Sirikit envolvió al recién nacido en un paño verde y lo puso sobre el pecho de Ana.

—¡Felicidades!... Está sano.

Ana lloraba.

—¿Por qué estás llorando, Ana? —preguntó Herman.

—¡Por pendeja! —Se acurrucó junto al brazo de Herman que miraba al crío con azoro—. Por nada, Herman, por nada.

Ahora eran tres.

Ana pensó en el difunto Rubino, en Ana Donremí, en Máximo, en su hermanita Gretel, la chica de la cara hosca y el corazón de oro.

Y lloró.

Y lloró con jipidos, y con el alma.

9

LONG TIENG BASE, 1967

A los efectos legales, Herman Rubino Markis (sin el Santana, porque el apellido de la madre no se usa entre los anglosajones, de ahí el chiste de que no tienen madre) había sido inscrito en la oficina consular de la embajada norteamericana en Bangkok como ciudadano norteamericano nacido en una base militar de ese país en el extranjero, lo que en realidad no había sido así, pues el hospital de la fuerza aérea en que ocurrió el alumbramiento es propiedad y territorio del reino Thai, pero ¿a quién podía importarle semejante tontería en ese momento?

El niño crecía sano y trilingüe, pues Ana se encargaba del español, Herman del inglés, cuando estaba presente, y la nana, Suyin, del thai.

Habían consultado con la doctora Sirikit la posibilidad de que Ana regresara a los Estados Unidos para criar al pequeño allá, pero la médica, mujer práctica, y sabia, les había razonado que allí, en Bangkok, ya Ana tenía un pequeño círculo de amistades, que era mucho más fácil y barato conseguir ayuda para las labores de la crianza y de la casa, y que tenía un trabajo seguro que le agradaba y le llenaba la soledad en la que su marido —¡si sabría ella de eso!— la sumía con sus ausencias.

—¿Para qué hacer semejante locura? —les comentó mientras adornaba al estilo thai un *pudding* de calabaza que presentaría como postre después de una opípara comida servida en la terraza de su apartamento frente al río—. ¿Qué se iba a hacer sola, con un recién nacido, en esa América tan grande, fría y poco afable?...

Y no se preocupen por la nacionalidad, que aquí se arregla ese asunto —dijo con naturalidad—. Mis hijos son norteamericanos, todos, aunque uno de ellos vino al mundo aquí.

Y los dos, Ana y Herman, después de pensarlo un poco más y escuchar algunas otras opiniones, estuvieron de acuerdo con las razones de la doctora Sirikit.

—De cierta manera, esto se parece más a Cuba —le dijo Herman a Ana, en algún momento.

—Sí, sí, es posible que sí —contestó Ana sin mucha convicción.

Reciprocaron la invitación a la doctora y su marido para comunicarles su decisión y, de paso, Herman asegurarse del amparo de ambos ante cualquier percance que pudiera ocurrirles a Ana y al niño. Ana María se esmeró, bajo la tutela de Suyin, en preparar una comida a la altura de los invitados:

Tomyam Plamuk, una sopa picante que Herman evadió en lo posible y el coronel repitió dos veces, saboreándose; unos pasteles de pescado (Tod Man) sazonados con salsa de tamarindo, que sí disfrutaron los cuatro; Kai Muang como plato fuerte —¡qué manera de comer, por Dios!—; y Toi Shell como ensalada; frutas, sobre todo papaya preparada en diversas formas, y helado de chocolate norteamericano. Todo eso regado con cerveza Singha para las señoras y whisky escocés para los caballeros. ¡Ah!, y como colofón, un raro y viejo Oporto que trajo el coronel de su bodega particular, reunida a través de los años con el placer y la sofisticación de los buenos bebedores.

En la sobremesa, el coronel, palpándose la protuberante barriga, declaró:

—O nos traemos a Ana a vivir con nosotros para que nos cocine. —Y guiñó un ojo—. O nos prestan a esa muchacha, Suyin creo que se llama, de vez en cuando.

Hacía algo más de dos años que las vacilaciones y dudas sobre la residencia habían quedado atrás y la vida, una vez más, le había dado la razón a la doctora. El año anterior habían volado los tres a Washington vía Filipinas y San Francisco. El pequeño Herman ya caminaba y pagaron un asiento para él solo, en una línea aérea comercial, con la idea de que el niño visitara su país por primera vez y Ana regularizara su ciudadanía en los Estados Unidos. A los pocos días de estancia ya el nene lloraba por Suyin y Ana estaba extrañando la rutina de su trabajo, sus amistades y su calmada vida en Bangkok, exceptuando, claro, la incertidumbre que le corroía el sosiego pensando en Herman y su extraña guerra.

Eventualmente, las ausencias de Herman se incrementarían, pues había sido destinado a apoyar logísticamente a los rebeldes hmong, una poco común, ruda y minúscula tribu laosiana con lejanas raíces históricas en la China y el norte de Tailandia, que se enfrentaba ferozmente a los invasores norvietnamitas y al gobierno procomunista de Laos, al que no consideraba su gobierno sino el asaltante que les quitaba su arroz y su opio.

Desde hacía varios meses Herman estaba entrenando comandos de guerrilleros hmong, tanto en las tierras altas de Tailandia como en las montañas laosianas, pero la envergadura de los ataques del ejército regular norvietnamita, que se combinaban con un incremento sin precedentes en los movimientos de tropas ruta Ho Chi Minh abajo y las continuadas ofensivas del Viet Cong en Vietnam del Sur estaban a punto de desestabilizar toda la zona y dar al traste con la estrategia norteamericana en la Península Indochina.

En el norte de Laos, entre la capital Vientiane y la enigmática llanura de las Jarras, ambas algo más al sur, y la porosa frontera con Vietnam del Norte —¿porosa?, abierta de par en par— al oeste, los norteamericanos contaban con una base de la Agencia, denominada oficialmente —oficialmente no existía en ningún documento ni reporte, pero casi todo el mundo sabía que estaba allí—: Lima Site 20A (la A venía de *alternative*), que se encontraba en un valle intramontano a más de tres mil pies de altura, que aparecía en los mapas con el nombre de Long Tieng.

Long Tieng, o Lima Site 20A, se había convertido en una gigantesca operación de la Agencia y de sus fuerzas especiales, con una larga pista de aterrizaje principal y algunas secundarias, claros pelados abiertos en la selva para los helicópteros, casamatas de protección y puestos elevados de observación, *bungalows* para oficinas, barracones, cocinas y comedores techados, servicios médicos de emergencia, almacenes, polvorines y todas las facilidades que un cuartel general pudiera necesitar. Eso sí, bajo la pantalla de una base militar del gobierno prooccidental de Laos.

Y por si todo eso fuera poco, cubierta, además, día y noche, por una línea aérea «civil», que podía considerarse propia, Air America —a la que los guasones llamaban Air Opium—, que venía dando quehacer desde los tiempos míticos del general Chennault y sus famosos Tigres Voladores, en los difíciles y ya lejanos años de la guerra contra los japoneses.

En una ocasión, volando en un viejo Dakota C-47 —el mejor avión jamás fabricado, dicen— desde la base fronteriza tailandesa de Nakhon hasta Long Tieng, unos veinte minutos en el aire si todo va bien, Herman se acomodó como pudo —la carlinga cargaba desde obuses de mortero 88 y cajas de proyectiles de diversos calibres, hasta gallinas vivas en sus jaulas— al lado de un tipo de bigote fino que le dijo, después de mirarlo de reojo por un rato:

—Oye chico, ¿tú hablas español?

Herman dio un respingo y le contestó en inglés al hombre:

—Entiendo algo de cuando estuve en México, ¿por qué?

El tipo del bigotito le contó entonces a Herman, en perfecto inglés, que había estado en chirona casi un par de años en una cárcel cubana, después de caer prisionero durante la invasión de Bahía de Cochinos, en la que había participado como paracaidista. Allí, ellos, los prisioneros, a falta de una intervención armada de los marines americanos, esperaban que los mataran a todos o podrirse por décadas en las mazmorras de Castro, pero el dinero gringo y un cargamento de compotas y aperos de labranza habían modificado radicalmente el panorama.

—Tu cara me parecía conocida de aquella época, de alguna prisión o algo semejante, pero no, debe haber sido uno parecido a ti.

—Puede ser. —Herman se encogió de hombros.

Aunque estaba prohibido, el desconocido encendió petulantemente un cigarrillo, apagó el fósforo meneando la mano y lo tiró, aún humeante, debajo del asiento.

—Dicen que todos tenemos un doble, ¿no es verdad?, y tú eres el doble de aquel tipo —prosiguió.

—Soy de California y nunca he operado en Cuba —contestó Herman y declinó el cigarrillo que el tipo le ofrecía, señalándole con el dedo la señal roja de prohibición y las cajas de madera con obuses y cintas de ametralladora del calibre 50.

El fulano ignoró el aviso como si con él no fuera:

—Disculpa, *brother*, pero es que el mundo es tan chiquito. —Se rio de buena gana y le palmeó el hombro derecho a Herman—. No te preocupes por los explosivos, chico, de algo hay que morirse, más riesgo corremos encaramados en esta cosa volante que ya no usan ni en Cuba, ¿no te parece?

Herman, que ya había tenido tiempo de reponerse, asintió con estudiada calma.

Por suerte, para Herman, tomaron tierra en unos minutos más, y sin complicaciones.

El hombre, casi seguramente un correo de la Agencia, se le perdió de vista después del aterrizaje, no sin antes despedirse de él con la característica efusividad cubana.

—¡Nos vemos pronto, mi hermano, que tengas mucha suerte, y ojo avizor, que estos chinos no creen ni en su madre! —Y le palmeó con energía la espalda.

—¡Cuídate tú también, chiiiico!

Los dos se rieron de buena gana.

Aquel encuentro lo dejó cavilando y algo amoscado todo el día. Qué importaba su historia anterior si sus jefes, los que mandaban en la Agencia, la conocían perfectamente. Qué importaba, sí, pero algo tenía que intranquilizarle la conciencia cuándo le había negado a aquel tipo el haber estado, y algo más, en esa islita que a veces le parecía tan distante y algo ajena.

El ser humano, ese mamífero con ropas como decía un *ranger* un poco desquiciado, tostado del todo, con el que había coincidido en una misión de castigo en Camboya, era un ser extraño, podía matar con furia y saña a sus semejantes y, al mismo tiempo, se dejaba matar con una pasividad impensable, por ejemplo, en una gallina o un cerdo.

Cuando combatía con la guerrilla del hombre de la boina negra en Cuba, amordazaban los cerdos que iban a acuchillar para asarlos y comerlos, con el fin de que sus gruñidos y berridos espantosos no delataran la posición al enemigo, sin embargo, nunca había tenido que amordazar a un condenado que iba a ser ejecutado. A veces gritaban alguna consigna contra el comunismo o daban algún viva a su Dios, pero gritar, lo que se dice gritar, nunca.

El mulato de sus pesadillas se había parado delante del pelotón de fusilamiento y, salvo escupir, no había hecho nada. Podía haber gritado, chillado, corrido, podía haberlo atacado a él y hasta haberle quitado el arma —el sujeto, *fucking* visita obligada de sus visiones nocturnas, era mucho más corpulento que él—, con lo que hubiera muerto matando, si lo hubiera querido, pero no, se había limitado a pararse allí —como un hombre, como un macho se decía— y esperar a que le tiraran impunemente hasta destrozarlo. Y así hacían todos, uno tras otro, noche tras noche.

«Siempre nos defendemos de nuestro pasado, como yo lo hice hoy en el avión, y casi nunca nos defendemos cuando otros deciden matarnos a mansalva, o, como decía aquel cabrón de la boina negra, ajusticiarnos», pensó.

El tipo del bigotito lo había puesto filosófico, taciturno más bien.

Pero al otro día, ocupadísimo desde mucho antes del amanccer, había casi borrado al cubano y todas aquellas tonterías de su mente.

Las cosas se habían complicado y un torbellino de dimensiones desconocidas se estaba levantando, justo al frente de los ojos de todos. En Washington, en la Agencia, en el Pentágono, todos, todos sonreían en público y hablaban, como siempre, de confianza, de seguridad en la victoria, pero la verdad es que estaban a cada minuto más nerviosos y asustados.

Incrédulos ante la imposibilidad de acabar de una vez con aquellos chinitos de mierda.

En negación.

Ya no se trataba de pequeñas operaciones de interdicción o penetraciones en territorio más o menos enemigo. Ahora era la guerra abierta, y una guerra a vida o muerte.

Y esa guerra no se estaba haciendo para ganarla, esa guerra se iba a perder, y todo el mundo lo entendía así porque era una espléndida y costosísima metida de pata.

—¡Por Dios, una cagada!

—¡Una *fucking* cagada!

No preguntes por ellos

10

Lima Site 85, 1968

El budismo predomina entre los laosianos, pero cuesta trabajo encontrar alguno que al mismo tiempo no crea en los *phi*, los espíritus que, son miles y miles, pueden hacer mucho bien, otorgar salud y prosperidad, calma y sosiego al alma. Sobre todo si se les respeta como ellos merecen y se les brindan los homenajes debidos. Igualmente hacen mucho mal, dependiendo de su esencia, de su temperamento y perversa condición, o si sencillamente se les menosprecia u ofende.

El culto a los antepasados, los ancestros, tan arraigado en toda Asia, tiene mucho de ese animismo que también invoca a los *phi*. Sin los ancestros nosotros no existiríamos, por eso, un hombre poderoso o rico, un guerrero vencedor, un sabio maestro, un político famoso o un ser bueno y espontáneo no hubiera sido, no hubiera existido sin ancestros y, por tanto, esos antepasados deben ser objeto de pleitesía y recuerdo.

Hablar de los descendientes por venir es una pérdida de tiempo, nosotros somos el presente y existimos gracias a los antepasados, el futuro es una tontería que puede o no llegar, o llegar en una forma muy diferente a la que pensamos o deseamos.

Como le dijo un valeroso, y peculiarmente cruel, jefe hmong a Herman, después de un largo intercambio de opiniones, sentados sobre un tronco y frente a un té hirviente de hojas aromáticas, conversando acerca de las tácticas de guerra y del respeto que no se tenía, habitualmente, a la vida de los prisioneros:

—Cuando ustedes los occidentales hablan de lo que serán sus hijos, pierden el tiempo, pero cuando insultan a alguien señalándolo como un hijo de puta, aciertan, pues esa madre puta, si es que en verdad lo fue o lo es, es un ancestro, e injuriar a los ancestros sí que ofende.

Para ellos, los laosianos (también para los thai, los camboyanos y muchos vietnamitas), los *phi* habitan en las cosas, en los manantiales, en los ríos, en el fuego y sus rescoldos, en los grandes árboles, en los montes, en la naturaleza, en fin, en todas partes. Pero hay lugares privilegiados donde moran grandes y poderosos *phi*, o sitios malditos donde anidan espíritus malignos o almas en pena, que al morir sus cuerpos violenta o trágicamente, no pueden reencarnar, y sufren y hacen sufrir a los mortales.

Phou Pha Thi es un pico montañoso fantásticamente bello y casi inaccesible de la cordillera central indochina, ubicado en la parte de esa extensa serranía que corre por el territorio Lao, y con dos llamativas características.

La primera es que está a algo más de cien millas, en línea recta de Hanói (algunos decían que 85, el número del sitio, era la cifra correcta en millas, pero puede que hubiera un error o alguna desinformación en eso), la capital de Vietnam del Norte y el centro de comando de toda la subversión en la península Indochina. En otras palabras, la casa, el hogar, del Tío Ho y de su cerebro militar, el silencioso, ladino y siempre humilde general Giap.

Y la segunda es que en ella se supone que habitan importantes *phi*, (los laosianos no lo suponen, están más que seguros), o sea, es una montaña sagrada cuya paz no debe ser profanada por las interminables y a menudo absurdas querellas humanas.

Justamente en ese risco casi cuadrado, con paredes cortadas a pico de 200 o más metros de caída libre, teniendo en cuenta su relativa cercanía a Hanói, decidió la comandancia de la fuerza aérea norteamericana instalar un sistema *tactical air navigation system*, un TACAN —para decirlo en el lenguaje de los especialistas—, que no es más que un radar muy potente capaz de guiar, de un lugar a otro, numerosas naves aéreas al mismo tiempo. Y dicho y hecho, la USAF le pidió a la Agencia que se encargara de operarlo y protegerlo, pero con el sigilo necesario para que no lo descubrieran los norvietnamitas que, obviamente, tratarían de destruirlo a como fuera. Ni tampoco los periodistas y diplomáticos occidentales, pues se suponía que a Laos se le estaba respetando su neutralidad.

Era un tiempo en que no se contaba aún con satélites de reconocimiento y control, y las defensas antiaéreas hacían difícil el vuelo de aviones radar en las áreas cercanas a las zonas que debían ser bombardeadas, por eso hacía falta un TACAN lo más cerca posible de Hanói. Y Phou Pha Thi, la montaña sagrada, era exactamente ese lugar.

Y aunque la Agencia asumió la petición de buen grado —no olvidemos que los hombres de la Agencia son como el perro huevero, que aunque le quemen el hocico siguen yendo a la candela—, solicitó a la fuerza aérea un oficial que pudiera hacerse cargo del importante aspecto del enlace entre los operadores del TACAN y los escuadrones de bombarderos y sus cazas de protección directamente en el frente de batalla.

Ese hombre fue el E-9 (*chief master sergeant*) Richard Etchberger, Etch para sus allegados, uno de los mejores y más experimentados oficiales de operaciones en tierra, sino el mejor, con que la USAF podía contar. Y el hombre de la CIA a cargo de organizar la defensa que brindarían los guerrilleros hmong y una compañía del ejército real thai —no debía haber, de ninguna manera, tropas norteamericanas de combate involucradas— no podía ser otro que Herman Markis, al que los hmong respetaban y reconocían particularmente su valor.

Herman se había esmerado en desarrollar un sistema defensivo perimétrico que permitiera aguantar el empuje de una fuerza guerrillera relativamente grande y diera tiempo, en un caso extremo, a destruir los medios técnicos y retirar los especialistas norteamericanos y los pelotones hmong y thai hacia el oeste.

Pero ese sistema se basaba, ineludiblemente, en detectar a tiempo cualquier fuerza de mayor envergadura que intentara acercarse a Phou Pha Thi, y eso debían hacerlo los medios de reconocimiento aéreo de la USAF y de la Agencia.

El 9 de marzo de 1978 Markis arribó, por enésima vez, en un helicóptero Bell 204B pintado de gris y con las insignias de Air America, al pequeño claro que funcionaba como pista de aterrizaje al pie de los acantilados, altos como muros de gigantes, del pico Phou Pha Thi.

Engañar a occidente en el asunto de la presencia norteamericana en Laos no era nada del otro mundo, eso se hacía día por día desde hacía mucho tiempo, pero intentar pasar inadvertidos para Hanói, que cuidaba su vital ruta Ho Chi Minh y su capital como la niña de sus ojos, y tenía, además, todo un ejército en Laos, el Pathet Lao, podía catalogarse como un deseo infantil, por no decir que una suprema sandez, o peor aún, un signo de intolerable ineptitud.

Como escribió en la pared de un urinario militar algún soldado gracioso: ¡Ho Chi Minh no se chupa el dedo, no los mete todos los días en el culo!

Herman llegó al lugar junto con un comandante americano, ambos vestidos de civil, para recoger los cheles, desmontar la operación, salvar lo salvable y terminar aquella loca aventura de la mejor manera posible.

Había una sensación de urgencia en la tarea, pero a nadie se le ocurrió que tanta.

Ya todo el perímetro de Phou Pha Thi estaba bajo fuego esporádico y se sabía que fuerzas norvietnamitas estaban acercándose, pero lo que, inexplicablemente, no sabían ni la USAF, ni la Agencia, ni nadie, era que 3000 soldados norvietnamitas escogidos, incluyendo compañías de fuerzas especiales y escaladores de montaña, estaban apostados en el bosque, a unas millas de distancia y perfectamente camuflados, esperando la orden de ataque, que llegó... al día siguiente.

Y en la madrugada del 9 al 10 se desencadenó, como la clásica hacha que cae en el tajo —para utilizar una imagen tremendista, pero muy exacta—, la ofensiva Viet.

Los hmong, unos 800, algunos casi niños o niños del todo, ocho o nueve años era edad suficiente entre ellos para ser un buen soldado, combatieron como siempre, con un valor desesperado y muy letal. Los pocos militares thai también. Nadie flaqueó, pero el barraje de obuses de mortero 88 y cañones rusos Zis, arrastrados por las veredas de la selva a pura fuerza bruta de brazos y piernas, llovía como temporal de verano.

La fuerza aérea americana, que no quería involucrar más hombres que los estrictamente necesarios en aquello que ya comenzaba a tomar forma de hecatombe, envió cazas A-4 Skyhawk que partían de los portaaviones que patrullaban el Golfo de Tonkín, a ametrallar y atacar con cohetes y cañones a los escurridizos soldados de las fuerzas Viet. Pero la selva es traicionera hasta para lo que viene por el aire, y el día 10 por la mañana fue derribado uno de esos aviones —volaba casi al ras de las copas de los árboles y la panza quedó al alcance de la fusilería— que explotó, con toda su munición todavía sin usar, al caer entre los árboles, y calcinó sesenta o setenta metros a la redonda de bosque, y al piloto, cuyo cuerpo, o lo que quedaba de él, fue recuperado muchos años después, cuando los vaivenes de la economía de mercado restablecieron la amistad entre los indochinos y los norteamericanos.

No preguntes por ellos

A la Agencia se la podía acusar de chapucera en la recolección de información oportuna, pero no de cobarde, y aquí sí se involucró hasta donde pudo, y algo más, en el rescate de su gente y de los oficiales y técnicos de la fuerza aérea encerrados en aquella trampa sin salida.

Los helicópteros Bell de Air America —parecía de broma que una línea aérea comercial estuviera metiendo sus aparatos ejecutivos dentro de las calderas del Infierno— se quedaban suspendidos a dos metros del suelo, evadiendo en lo posible el fuego de fusilería y morteros, para extraer de aquel lugar de pesadilla lo que se pudiera o a quien se pudiera, vivo o muerto.

El día 10 al anochecer, los escaladores Viet ya estaban asomándose a la cima pelada de la montaña. Las trampas explosivas que habían colocado los defensores las desactivaban, si las reconocían, o se volaban con ellas, despejando así el vertical sendero a los que venían detrás.

La noche brilló con las explosiones y el delinear interrumpido, como rayitas en el aire, de las balas trazadoras.

Cuando las municiones se acabaron, los hmong sacaron sus afilados cuchillos y se fueron a buscar proyectiles donde los había, en las cananas y el cuerpo de los Viet, pero estos tampoco eran inválidos y el número y el muy superior poder de fuego se fueron imponiendo.

El once en la mañana, el piloto de un helicóptero, evidentemente un loco, se lo jugó todo a su improbable suerte y sacó directamente de los restos del destruido TACAN, o de sus inmediaciones, el cadáver de Etchberger, que murió disparando (se dice que expiró en el helicóptero, pero las versiones son contradictorias), y a un Herman Markis inconsciente y casi exangüe.

Al alejarse el helicóptero del suelo pedregoso y mondo de la cumbre, en una espiral evasiva, el plomo de una ametralladora calibre 30 le pegó, otra vez, a Herman en la espalda, y otra ráfaga mató a un tripulante que intentaba mantenerse erguido en aquella batidora y derribó al artillero de puerta que cayó, como una piedra lisa, sin un grito, hacia la selva.

Cuando lo bajaron del agujereado y humeante aparato en un calvero de Long Tieng —tenían el temor de que aquella ruina voladora que chorreaba aceite y combustible por los cuatro costados explotara en cualquier momento— colocaron a Herman en la tierra, junto al cuerpo de Etchberger, pensando que había muerto. Fue un sanitario quien se dio cuenta de que todavía se movía y dio voces para que lo cargaran hasta la enfermería.

De los hombres apiñados en ese último helicóptero, solo tres o cuatro sobrevivieron, aunque con heridas estremecedoras, incluyendo el piloto, con varias perforaciones en el cuerpo y múltiples esquirlas de metralla y de cristales incrustadas en los ojos y en la piel.

Algunos soldados thai pudieron escapar a campo traviesa, por la selva, y unos treinta o cuarenta hmong también, aunque muy pocos arribaron vivos a sus tierras.

Si quedaba alguien con vida, nada se podía hacer por él, o sí, evitarle, de ser posible, el horror de caer prisionero de los Viet.

Al oscurecer del mismo día once, el capitán piloto de un Skyhawk se descolgó en picada sobre la cima pelada del Phou Pha Thi, encentró sus miras, corrigió suavemente el rumbo, apretó simultáneamente los botones liberadores de los pasadores de seguridad y en un lanzamiento perfecto, dos, le acertó justo en el centro con un par de bombas de 500 libras cada una.

Las deflagraciones volatilizaron lo poco que quedaba en pie del TACAN, el inutilizado control de radio, los despojos de los últimos defensores y de algunos atacantes, y cinco o seis oficiales Viet que rastreaban los escombros en busca de papeles, claves o alguna otra cosa que pudiera ser de utilidad a la inteligencia norvietnamita.

Cuando el cazabombardero, aligerado de su carga, se

perdió en el horizonte volando hacia el este, de regreso a su hogar en el barco, se hizo un silencio espeso y funesto sobre aquella cumbre, ahora pelada hasta los huesos. Pareciera que el hombre jamás hubiera hollado aquel desolado lugar desde el mismo día de la Creación.

Los Viet, que nunca dijeron cuántos hombres habían perdido en aquella pelea brutal, enterraron a sus muertos y regresaron a sus bases de partida. Los *phi* no discriminaron, la montaña sagrada los escarmentó, a todos, sin contemplaciones ni benevolencias.

Y surgirían muchos *phi* de cuerpos quebrantados y rotos que no reencarnarían, o tardarían siglos y siglos en hacerlo.

Pero en Phou Pha Thi volvió a reinar la paz.

Una paz un poco lóbrega, pero paz al fin.

Solemne, quieta.

Yerta.

11

HONOLULU, 1968

No importa el sitio donde usted se encuentre en la vibrante ciudad de Honolulu, esa urbe ecléctica cercana a los espigones y astilleros de Pearl Harbor por su flanco izquierdo, y por el derecho la famosa playa de Waikiki, paraíso del *surfing* y de las chicas lindas, y no tanto, en bikini.

Si mira hacia el oeste verá en la distancia, sobre una suave colina arbolada del barrio de Moanalua, el espléndido edificio de color coral rosado, *pink*, con la curiosa forma de un hombre, o un robot, que viene a estrecharnos entre sus enormes brazos. Una especie de inmensa letra C gótica muy cerrada, si la contemplamos desde el aire.

Esa construcción, bastante desmedida en su enorme tamaño, es el Tripler Army Medical Center, uno de los hospitales militares más grandes e importantes con que cuentan las fuerzas armadas de los Estados Unidos, no solo en el área del Pacífico, sino en todos sus emplazamientos en territorio extranjero, que son muchos, y también a lo largo y ancho del país continental.

Dentro de ese laberinto de pabellones de hospitalización, habitaciones VIP para oficiales, quirófanos, locales emplomados de rayos X, laboratorios, comedores, cafeterías, cocinas, recintos docentes, despachos, grandes espacios para fisioterapia y gimnasia, oficinas administrativas, lavanderías, aposentos para residentes y enfermeras en *training*, almacenes, garajes y muchísimas otras facilidades, se hallaba el maltrecho cuerpo, y también la mente muy turbia aún, por supuesto, de Herman Markis, un hombre muy descalabrado, tanto, que lo dieron por muerto más de una vez, pero, a pesar de todo, aferrándose a la vida.

Después del azaroso rescate de Lima Site 85, Herman Markis fue estabilizado, en lo posible dentro de su estado de extrema gravedad, por un par de sanitarios de la base de la Agencia en Long Tieng y rápidamente helitransportado a un hospital del real ejército thai, cerca de Chiang Mai, en el norte de Tailandia.

—¡Este no se logra, así que no se apuren demasiado! —dijo el piloto del helicóptero, un americano que creía haberlo visto todo en esa guerra invisible, cuando ayudó a bajar la camilla que cargaba a un Herman agonizante.

En Chiang Mai se le hizo una traqueostomía, le pusieron un par de gomas en el tórax para extraerle el aire y las secreciones que le comprimían los pulmones perforados, le administraron por las venas sangre, plasma y líquidos en grandes cantidades, le colocaron una sonda de látex en la vejiga y otra en el estómago para que no se ahogara con los vómitos, le entablillaron las piernas, lo vendaron —parecía una momia egipcia— y lo remitieron —vuelta al aire— a Bangkok, donde le intervinieron quirúrgicamente tres veces en tres días y luego una cuarta vez, una semana más tarde, quitándole alguna que otra parte de sus órganos internos, suturando otros y retirando de su cuerpo, para asombro de los profanos, no de los cirujanos militares acostumbrados a estos lances, toda una colección de materiales: plomos aplastados, esquirlas de granadas, astillas de madera, fragmentos de obuses, la cabeza de un tornillo, piedrecitas, botones, ripios de tela y quién sabe que más cosas.

O era un tipo extremadamente resistente —un caballo, como decían los cubanos— o tenía mucha suerte, o ambas cosas.

Herman no evocaba casi nada coherente de aquel par

de sangrientos días de marzo que había pasado en la cima del monte Phou Pha Thi. Todo se le representaba en su atolondrada cabeza como un torbellino nebuloso, oscuro y aturdidor, pero mucho menos recordaba de las semanas posteriores en las que estuvo flotando en las orillas de la muerte.

—La frágil vida lo halaba por un brazo y la señora Parca por el otro —explicaba un médico thai, muy escrupuloso, que practicaba el budismo en horas libres.

Tenía una imprecisa idea de una Ana ya bastante barrigona que se acodaba en la cama y le apretaba la mano izquierda —la derecha estaba mutilada y entablillada—, del olor dulzón del halotano, un anestésico con el que profundizaban su inconsciencia cada vez que lo abrían para coserle o extraerle algo, y de muchas caras que se le acercaban a musitarle cosas que no entendía o que olvidaba casi inmediatamente.

Aproximadamente un mes y medio después fue trasladado, por primera vez no era un helicóptero, en un avión de transporte Hércules C-130, perteneciente al ala médica de la fuerza aérea. Hicieron, Herman ni se enteró, dos paradas intermedias en Saigón y Manila, para arribar, al fin, al aeropuerto de Honolulu, y de allí en ambulancia al Tripler Hospital.

Ana, con seis meses y medio de embarazo, se le unió, con el corazón en la boca y la muerte en el alma. Aunque tuvieron que operar a Herman nuevamente para extraerle un trozo de metralla olvidado dentro de uno de sus muslos, que ya apestaba por el agujero de una fístula supurante, él se sentía, ahora sí, plenamente consciente y con unos dolores, que por decir algo, no le deseaba ni a la señora madre de los puñeteros Viet.

A medida que transcurrían las semanas Herman se fue enterando, a retazos, de algunas cosas buenas y otras muy malas: que el embarazo de Ana marchaba viento en popa y que Herman Rub, su hijo, estaba al cuidado de Suyin y la doctora Sirikit allá en Bangkok, que Etch y los otros oficiales que lucharon junto a él en la maldita montaña estaban todos muertos, que los hmong, sus fieles guerreros, habían sido prácticamente aniquilados, y lo más desagradable y feo de todo, que vino de labios de un coronel de la USAF y de un oficial de la Agencia que lo visitaron juntos una tarde en la que hicieron salir, amablemente, a todos los que estaban en la habitación:

—Herman, usted y sus compañeros son, sin la menor duda, héroes, y merecen las más altas condecoraciones —dijo el coronel.

Herman, que no las tenía todas consigo, le agradeció con la cabeza, pero sin abrir la boca.

—Y se les otorgarán, claro que sí, esas medallas en su momento —prosiguió el militar—, pero, por ahora y para todo el mundo, incluyendo su familia, todos han muerto y usted ha sido mal herido en un accidente de helicóptero en territorio de Tailandia.

Ninguno de ellos podía saberlo en aquella aséptica habitación de hospital, pero la condecoración, la Medalla de Honor de las Fuerzas Armadas, que le correspondía por derecho al *chief master sergeant* Richard Etchberger, fue entregada a sus hijos, ya hombres maduros, el 21 de septiembre del año 2010 por el Presidente Obama, con cuarenta y dos años y medio de atraso.

Herman asimiló aquello sin chistar y sin mirar a las caras a los dos hombres, que permanecían parados casi en atención, muy juntos, y se les notaba ansiosos por salir a la estampida.

—¿Nos entiende claramente? —le preguntó el vestido de civil.

Contemplando el techo, Herman se expresó en voz muy baja, con la dificultad que le producía una herida profunda en la barbilla que aún no estaba cicatrizada del todo y un poco también por el asco que le subía del estómago.

—Lo entiendo, señor. —Y el «señor» sonó agrio y burlón.

—Magnífico —dijo el otro tipo, sin mucho entusiasmo.

—¿Y los hmong? —La voz de Herman era cavernosa.

—Trataremos de ayudar a las familias de esos hombres, pero no se preocupe ahora por eso. —Uno de ellos, el del terno gris, se tapó la boca y tosió—. Piense en su recuperación, Markis, la guerra ya quedó atrás.

—Necesita descanso —dijo el otro, el de uniforme.

Herman, inesperadamente, hizo sonar el timbre de emergencia con el pequeño interruptor blanco que tenía al alcance de la mano zurda.

—Pues déjenme descansar en paz entonces. —Le vino a la mente un *flash* del mulato de sus peores pesadillas, escupiendo al pelotón de ejecución y a él mismo—. Por favor. —Volteó la cabeza hacia el otro lado—. ¡Váyanse a la mierda! ¿Quieren?

—No se lo tome tan a pecho Herman, sabemos que se siente mal y...

—¡*Bullshit*! —Tosió y pareció atragantarse— ¡No me lo tomo de ninguna cabrona manera, coño! —Eso lo dijo en español— ¡Váyanse de una vez al infierno!

El coronel miró al otro y le señaló la puerta con un movimiento de cabeza.

—No se ponga bravo, Herman, pero recuerde, lo que le hemos dicho es una orden superior y...

El coronel interrumpió al del gabán y le tocó el brazo a Herman con bastante delicadeza, como si lo tuviera roto, quizás como un gesto de amistosa despedida.

—No lo olvide, Herman, no lo olvide, no es una decisión nuestra sino de las alturas, por eso hay que cumplirla, por favor.

—¡No lo olvidaré, señor, pero salgan de aquí y váyanse a la mierda de una vez!, ¡desaparezcan de mi vista antes de que me ponga a pedir ayuda!, ¿quieren? Una enfermera de pelo amarillo y facciones aguileñas, tocada con un gorrito blanco, abrió la puerta de la habitación y asomó la cabeza:

—¿Pasa algo, señores?

El hombre de la Agencia se viró y la tranquilizó:

—Todo está bien, señorita, ya nos vamos.

—¡*Fucking* bien! —gruñó Herman.

—Adiós, Herman, descanse y repóngase que lo necesitamos de vuelta en el terreno.

—¡Sí señores, descansaré cuando se vayan ustedes dos y los que los enviaron, los hijos de puta de las alturas, al *fucking* infierno!

Los dos individuos se evaporaron en silencio y sin despedirse.

Herman se negó a comer esa tarde, durmió mal, requirió más analgésicos que de costumbre y no dijo una palabra, ni a Ana ni a nadie, hasta el día siguiente en la mañana.

Entonces, al clarear, después de una noche de insomnio y sufrimiento, dijo su primera palabra... mejor dicho, tres:

—¡Hijos de puta!

12

BANGKOK, 1972

A hora eran cuatro.
El niño, una alegre y robusta mezcla de cubanoamericano rubio con acento thai, acababa de cumplir
los siete años. La nueva cría que estaba a punto de arribar a los cuatro, era morena como la madre y algo más
callada y apacible que Rub, con un temperamento como
el de su tía Gretel, una tía perdida en la distancia, y a
la que Ana no dejaba de recordar y mencionar muy a
menudo.

Ana María había ascendido a maestra de matemáticas
y geometría en el Colegio Americano, donde era popular
y se había convertido en una especie de mentora: modas,
problemas parentales, amores correspondidos y no correspondidos, líos de sexo —blando, el duro estaba por
venir—, complejillos... en fin, consejera para todo de un
grupo de aquellas adolescentes venidas de otras tierras y
culturas que muchas veces extrañaban.

Justo como le ocurría a ella misma con tanta
frecuencia.

Suyin también se había elevado a ama de llaves —sin
dejar de comprar cada día los alimentos frescos en las
barcas fondeadas en los canales y cocinar, por supuesto, que eso no lo delegaba—, pero ahora con la ayuda de
una sobrina de edad indeterminada que se había traído
de su pueblo natal, dieciocho o veinte años porque difícil de saber la edad real, que se encargaba de todas las
otras tareas de la casa, y lo hacía muy bien, por cierto.

A todos les iba bien, menos a Herman.

Aunque con mutilaciones evidentes, la pierna izquierda algo más corta que la otra, tres dedos de menos en la mano derecha, todo un mural de cicatrices —él mismo bromeaba diciendo que tenía tantas costuras como una pelota de jugar *baseball*— en el abdomen, el pecho, la espalda, los miembros y el maxilar inferior, la salud física no era lo que más le mortificaba.

Era su cabeza.

Trataba de explicarse una y otra vez lo que había sucedido en Phou Pha Thi. «¿Por qué habían subestimado al enemigo? ¿Por qué no había podido prevenir aquel desastre? ¿Por qué? ¿Por qué?».

Un contrincante que había sido capaz de desarrollar, defender y mantener, incluso contra los bombardeos masivos de los B-52 y los F-111, una línea de suministros que partía desde la frontera de Vietnam del Norte, cruzaba una buena parte de Laos y Camboya para terminar adentrándose como las raíces de un árbol saludable en el sur de Vietnam.

«¿Cómo era posible que él no alertara a sus jefes con el tiempo y la energía suficientes?, ¿por qué estaba vivo?». Se alegraba de eso, todavía saboreaba una cerveza fría, o varias; quería a su mujer y a sus hijos, los disfrutaba, bueno, relativamente. Pero la imaginaba a ella asqueada de sus costurones y las repulsivas marcas en su cuerpo, aunque Ana lo negaba y se le entregaba más o menos como antes, pero... «¿Por qué coño había sobrevivido a aquel desastre? ¿Por qué estaban enterrados, o peor, perdidos en la selva, todos, menos él?».

Dormía poco, o se dormía profundo cuando el sol ya estaba despuntando y entonces, al tener que levantarse al alba, se arrastraba toda la mañana como un viejo enfermo, hasta que descubrió que un vodka, o dos, y a veces tres, le levantaban el ánimo y le mejoraban el humor.

Seguía teniendo pesadillas con el mulato y sus escupitajos, pero ahora se le había sumado una nueva alucinación —un recuerdo que no era posible que tuviera, porque él estaba inconsciente y casi muerto según todos le señalaban— con el cuerpo sangrante de Etch convulsionando y vomitando buches de sangre y flemas encima de su vientre mientras ambos se agarraban uno al otro para no caerse por la puerta abierta de aquel condenado helicóptero que daba desesperados bandazos de uno a otro lado intentando evitar lo que era casi inevitable.

Podía describir con detalles el caos y el amontonamiento de cuerpos destrozados dentro de la carlinga de aquel aparato, moviéndose desordenadamente y siempre a punto de caer a plomo, pero no, los psiquiatras, los pocos amigos, Ana, le habían convencido —es un decir— que eso era imposible, aunque más o menos así había sido aquel vuelo impensable.

—Es que la lógica de lo que tuvo que haber sucedido se te ha metido en la cabeza como si de verdad lo hubieras visto —le decían... pero «¡sabias palabras, *fuck*, pero de verdad creo que lo vi!».

Sin embargo, de la batalla en el risco, en la que sí combatió con plena conciencia, no podía recordar casi nada. Algunos gritos, órdenes aisladas, imprecaciones y detonaciones en racimo, sangre coagulada, chillidos de los Viet, alguien llorando y pidiéndole a su madre que lo protegiera de las pailas del Infierno, poco más. ¿Qué hizo su cerebro con las 48 horas que estuvo combatiendo en la cumbre de la cabrona montaña?

No podía recordar, por mucho que tratara, el rostro de Etch, o las facciones del comandante que había viajado con él hacia la muerte.

Los dolores de cabeza no lo atormentaban tanto como los de espalda, pero jodían, y prefería no tomar calmantes, aunque a veces, cuando la tortura era demasiada, se rendía.

Se mareaba y se le aceleraba el corazón cuando se

asustaba por alguna cosa que no podía controlar —y no solo cuando se le iba la mano con el vodka o las cervezas—, pero eso podía controlarlo, salvo que Ana o los niños fueran la causa, como el espantoso día en la época del monzón en que los sorprendió en la calle un diluvio con relámpagos y tronadas que parecía iba a arrasar con todo.

Ella llegó empapada, con el pelo desecho y las ropas ensopadas, pero feliz. Rub de la mano de Ana y la niña en brazos, pero todos alegres y contando la odisea que acababan de pasar en las calles inundadas, con el añadido de que no comerían caliente esa noche, pues la electricidad estaba cortada en casi toda la ciudad, pero nada más.

Y a él casi lo mata la ansiedad y el miedo.

El primer psiquiatra con el que conversó, en el Hospital Tripler, en Honolulu, un tipo joven y agradable con acento y ademanes de Nueva Inglaterra, le mostró, con mucha lógica, lo insensato de sus pensamientos de culpa.

—Tú no podías de ninguna manera, Herman, haber previsto aquel ataque. Tu función era de entrenamiento y preparación de la defensa, pero no manejabas información de inteligencia. —El hombre lo miraba a los ojos y había verdad en sus palabras—. Eso era deber de otros cabrones que mientras tanto estaban pensando en las musarañas y comiéndose los mocos, ¿lo habías pensado? —Lo miró fijamente a los ojos con la mirada clara, diáfana—. ¿Lo sabías?

El doctor era un tipo agradable y muy convincente, muy profesional, pero con los pies bien puestos en la tierra.

—Fueron los mamalones de la fuerza aérea los que pensaron que los Viet eran estúpidos y pendejos, ¡vaya si lo eran! —Le puso una mano cálida en la rodilla—. A ti te metieron en aquella montaña, junto con tus compañeros, para que le defendieras su radar de mierda. —Dejó pasar unos segundos—. Tú cumpliste, y de qué manera, pero ellos no te cumplieron a ti, Herman. — Meneó la cabeza demostrando su encabronamiento—. Le dieron la tarea a los hmong en lugar de mandar un batallón de *rangers*, o dos, o tres, o los que hicieran falta, la 82 aerotransportada al completo, para enfrentarse con todo el maldito ejército del Tío Ho, ¡joder! —Dio un puñetazo en la mesa del consultorio—. ¡Ah, para que el mundo no se entere! —Caminó hasta una neverita y sacó dos latas de Coca Cola.

Le ofreció una a Herman.

—Tómatela, es una buena medicina para los problemas de mollera.

Herman lo miraba de hito en hito, estupefacto.

—¡Quítate esos remordimientos, sin razón, de la jodida cabeza de una vez, Herman, coño!

Estableció una buena relación con aquel loquero — que tuvo los huevos de decirle que ni se le ocurriera contarle a nadie que él sabía que aquella tragedia había sido una batalla en toda regla y no un accidente de helicóptero, como aparecía escrito en el *chart* médico— y se sintió mucho mejor, aun sin medicinas, pero por desgracia dejó de verlo cuando regresó a Tailandia.

Estuvo de vuelta en Honolulu unos meses después para otra intervención quirúrgica que le permitió salirse, al fin, de la silla de ruedas. Pero ya su loquero favorito se había marchado a la práctica civil, según le contaron sus amigas enfermeras, en un elegante consultorio para señoras deprimidas por el excesivo peso de las joyas e importantes caballeros impotentes, cerca de Rodeo Drive, ¡*fuck*! en California. Obviamente, un tipo muy inteligente el cabrón loquero.

Con los psiquiatras militares de Bangkok lo único que hacía era perder el tiempo: Tome esto tres veces por día, no tome esto sino lo otro, no tome nada, descanse, trate de dormir, una cápsula cada cuatro horas, cuente ovejas si no puede conciliar el sueño, no beba, una tableta cada doce horas, coma sano, camine, no piense, un accidente lo tiene cualquiera y no es para tanto... Y así, sesión tras sesión, consulta tras consulta.

Se le parecían mucho al coronel y al tipo de la Agencia que lo habían visitado una vez en la habitación del Tripler.

—¡Que se fueran también al infierno, y a la mierda!

Volver a trabajar, ahora como analista de la inteligencia que obtenían en el terreno los rebeldes anticomunistas, casi todos hmong que cruzaban el río Mekong, constantemente, entre Laos y el norte de Tailandia, le hizo bien. ¡Vaya si le hizo bien!

Salía de la casa, respiraba el aire. Incluso, a veces viajaba hasta Chiang Mai en aviones de la fuerza aérea thai o norteamericana —vuelos que le hacían sudar las palmas de las manos, las axilas, la frente se le perlaba con las gotas de transpiración, el vientre se le retorcía de miedo, le daba urgencia por mear, se atragantaba, se le ponía la boca como papel de lija, y todo eso lo había aprendido a ocultar como un experto— cuando la información era oral e importante. Se relacionaba, hasta cierto punto, con la gente, y se sentía útil, y, sobre todo, tenía la percepción, que le aliviaba, de que liberaba a Ana y a los niños de su sombría presencia. Los quería mucho, mucho, pero prefería no estar cerca de ellos. No le agradaba que lo vieran.

Se aferró al trabajo con cierta obsesión, primero, y después con una entrega absoluta, rayana a veces en la tontería, según sus compañeros.

Hasta los thai se preguntaban qué le pasaba a aquel tipo que jodía tanto. Se fue empecinando en la causa, perdida de antemano, de los hmong. Y también se aferró, cuando tenía un espacio, por escaso que fuera, a la botella. Leal amiga, la botella. Leal y oportuna. Discreta.

13

Don Muang Airport, 1973

El nuevo año trajo, poniendo en evidencia lo implacable del transcurrir de la existencia, el décimo aniver-
sario de la fuga de Cuba, una celebración puramente
personal, pero que había transformado sus vidas para
siempre.

—¿¡Diez años!?, ¡Dios mío!, ¿quién lo diría? —le dijo
muy bajito Ana mientras le acariciaba el pelo a Herman,
una mañana de domingo en una de esas raras semanas
buenas que él tenía, sobre todo cuando habían hecho el
amor despacio, con la luz apagada, bajo las sábanas y
sin muchas exigencias gimnásticas y corporales.

—¿Cuántas cosas han ocurrido?, y, además, dos
hijos que en cualquier momento se nos van de entre las
manos —contestó Herman.

—Todavía falta mucho para eso, Herman, no seas tan
americano.

—Yo soy gringo, y tú también, ricura caribeña.

Ella lo besó en la boca, con lengua, con una pasión
fresca que ya no se aparecía tan a menudo como antes.

También el nuevo año trajo una noticia espléndida,
¡otro milagro! para Ana María: un pastor negro norteamericano, un político afroamericano como era de
buen decir, precisamente uno de los opositores más
firmes a la guerra de Indochina, había visitado a Castro
en La Habana en ocasión de unos festejos nacionales y
se había traído con él, a su regreso, como una suerte
de obsequio de buena voluntad hacia la izquierda radical gringa, a varios prisioneros políticos de las cárceles

cubanas acompañados por sus familiares más cercanos.

Y entre ellos estaban su hermano Máximo, su madre y su hermana Gretel, procesados por el Departamento de Inmigración norteamericano como asilados políticos y alojados, provisionalmente, en Miami, en el hogar de una pariente del finado Rubino.

Ana María se comunicó telefónicamente con Gretel —los sollozos y los muchos años de no oírse mutuamente casi no les permitían entenderse— y al colgar el aparato comenzó rápidamente a preparar el largo viaje de Bangkok a Miami para encontrarse con ellos, justamente después de diez años de no verse, y en el caso de Máximo, casi doce.

Ana pudo sacar en claro que todos estaban bastante bien de salud, incluso Máximo, al que habían sacado en la madrugada de una circular en una prisión enorme construida durante otra dictadura, la del general Gerardo Machado, enclavada en una isla al sur de la provincia de La Habana, subido, sin explicarle la razón, a un avión militar que voló hasta el aeropuerto de La Habana, y allí vuelto a encaramar en la aeronave rentada que trajo al pastor y su comitiva, sin ver a nadie ni nada. De la cárcel a Miami sin mirar para los lados, con anteojeras como a los caballos, como sentenció irónicamente Gretel.

—¿Pero está bien de salud, mi hermana?

—Ah, sí, bastante bien para el caso, Ana María. Nosotros, los Santana Donremí, tenemos el corazón blindado.

Ana Donremí flotaba en la felicidad de recuperar a su hijo, pero no fue fácil desprenderla de aquella probable tumba a la que seguía atada. Gretel le explicó a Ana que le habían prometido, en algún momento cercano, exhumar los restos y traerlos al destierro, pero que eso no había sido más que un pretexto para montarla en el avión.

En definitiva, cuidar de Máximo, volverlo a tener bajo sus faldas, fue lo que terminó de convencerla, y de no haberlo encontrado en el interior del avión —escena que fue desgarradora para ambos, según le contaron después a Ana María— se hubiera dado la vuelta allí mismo, y probablemente les hubiera dado la espalda para siempre.

¿Y Gretel? Pues ya conversarían hasta cansarse.

Herman se enteró algunos días después —estaba en las tierras altas clasificando documentos capturados a los Viet en algún lugar cercano a la ruta Ho Chi Minh, por un comando fantasma de los rebeldes hmong— y regresó en cuanto pudo para abrazar a Ana y ver a sus hijos antes de la partida.

Ana María sondeó la posibilidad de que les acompañara.

Herman fue tajante:

—Ana María, tú sabes lo que te quiero y que seas feliz es mi mejor regalo, pero no voy a acompañarte a Miami de ninguna manera. —La miró a los ojos con una ternura que ya se iba haciendo desconocida entre ellos–. Tienes una deuda pendiente con tu madre y es el momento de saldarla. Ella le tomó las manos con una fuerza inusitada:

—Ven con nosotros, el pasado es el pasado y tú no tienes la culpa de nada de lo que pueda haber ocurrido con mi familia. —Las lágrimas le corrían por el rostro iluminado.

—Te dije un día que ya veríamos qué podía yo hacer por tu familia y nada pude. —Lloró como aquella tarde en el agua cálida y azul de la playa de Guanabo—. Ahora tú sí puedes hacer mucho por ellos, y yo te voy a apoyar en lo que sea, pero en cuanto a mí, este, por ahora, es mi lugar en la tierra, es mi guerra, Ana, y como quiera que nos vaya en ella, aún no se ha terminado.

Ana no alargó demasiado ni puso mucho énfasis en la

101

controversia. En el fondo, Ana María sentía cierto alivio de que Herman no se encontrara con su familia, a la que prácticamente no conocía —había visto únicamente a Gretel la tarde de la boda y alguna que otra vez más—, en esta primera ocasión.

Ya habría tiempo de preparar el terreno para un encuentro amigable, teniendo en cuenta que ahora él, Herman, estaba en el mismo bando del difunto Rubino y era el padre de los dos únicos nietos de Ana Donremí.

Cuando Rub y Greta —Gretel María se llamaba la niña— afianzaran, con el candor y la inteligencia con que sabían moverse en el mundo de los adultos (Ana sospechaba que Suyin y su budismo tenían algo que ver en la forma de ser y comportarse de sus hijos), la relación con Máximo y, sobre todo, con la abuela, se abriría el camino para que Herman fuese aceptado sin reservas en la familia.

Ella, que se lo pedía a la Virgen en sus oraciones, estaba segura, bueno, casi segura, de que al final lo lograría, y quizás serían muy felices y comerían perdices, como en los cuentos.

La Agencia —eran otros tiempos— les facilitó los boletos de ida y vuelta a precios de saldo, casi regalados, en Pan American, e incluyó a Suyin en la lista de viajeros, con una visa de turista obtenida, sin solicitud escrita previa, en un par de días.

Se vivía en una época contradictoria; por un lado, la gente se mataba con una saña medieval, sin piedad ni miramientos, como hacían los Viet con sus enemigos, atravesándolos con púas de bambú o destrozándolos con bombas de cordel. O como reciprocaban los pilotos de los B-52 con todo lo que hubiera por debajo, alfombrando de bombas de magnesio el suelo hasta que el calor derretía la tierra y la hacía brillar por las noches. Pero al mismo tiempo se guardaban más las formas, las reglas formales, los niveles, en fin, era un mundo de locos desatados enmarcados en reglas de educación formal y comportamiento urbano.

En poco más de una semana —equipajes, licencia pagada de Ana en el Colegio Americano, dinero para el viaje y alguna reserva para acomodar en Miami a los recién llegados, billetes de avión, despedidas familiares de Suyin y otras menudencias que no dejaban de ser imprescindibles— estaban listos para partir.

La más feliz era, sin dudas, Ana; el más emocionado ante la aventura y lo desconocido era Rub; la más tranquila, Greta; y Suyin era el susto personificado, pero tamizado por la aceptación ante lo inevitable propia de los thai.

Herman los despidió con un abrazo y unas pocas recomendaciones para el largo vuelo en el salón VIP del aeropuerto de Don Muang. Esperó tranquilo detrás de los cristales verdosos de la terraza superior de la terminal aérea hasta que el Boeing 707-320 de PANAM se perdió entre las nubes grises, pero no intimidantes, que limitaban el horizonte.

Muy pocas veces Herman se comunicaba con Dios, o con los buenos *phi*, pero esa vez lo hizo para pedir una travesía sin contratiempos para los únicos que quería de verdad en el mundo, los únicos que tenía, si se exceptuaba algunos pocos hmong con los que había establecido una extraña relación de camaradería y admiración mutua —ellos no olvidaban Phou Pha Thi y otros eventos igual o más sangrientos que no debían divulgarse—, que se basaba en el carácter diáfano de sus posiciones: mientras estés conmigo, estoy contigo, de verdad y hasta el final, cuando no estés conmigo... cuando no estés conmigo, pues entonces tú sabrás a qué atenerte.

Llovía ligeramente, ¡menos mal!, cuando salió del extenso parqueo de Don Muang y enrumbó hacia la carretera periférica de Bangkok. Guio su Chevrolet

Corvair del 68 —ya era viejo, pero le gustaba— por entre el endemoniado tráfico de camionetas con cargas imposibles, bicicletas, destartalados *jeeps*, automóviles que caminaban de milagro, lujosos autos negros de alta gama, pocos, *rickshaws*, ómnibus atestados hasta el techo, camiones, motonetas, peatones con bultos descomunales a la espalda, el caos, hasta llegar al solitario apartamento.

Subió solo en el elevador, abrió la puerta de su casa, se aligeró de la ropa y de su arma personal y se acomodó en la terraza, cargando antes un vaso y una cubeta con hielo. Desenroscó entonces la tapa de una botella nueva de legítimo vodka Stolichnaya, el buen licor del enemigo, proveniente del insondable mercado negro thai.

Dejó caer cinco o seis cubitos de hielo en el vaso y escanció un chorro generoso de la bebida —¡buen alcohol el que manufacturaban los rusos, vale!— hasta llenarlo.

Si algo han hecho bien los rusos, con excelencia, para ser honestos, además de sus novelas inmortales, son el vodka Stolichnaya y el fusil AK-47, dos de los bienes más apreciados por los norteamericanos que debían sobrevivir al tedio y a la muerte en la Indochina de aquellos peligrosos años.

Se dio un trago largo, relajante, y puso los pies sobre una banqueta.

Tenía todo el tiempo del mundo para cavilar en paz.

Todo el tiempo.

14

CHIANG MAI, 1973

Cuando uno menos se lo espera, el sol sale. El encuentro de Ana María con su madre, Ana Donremí, tan temido por ella, fue sereno, armonioso, incluso cordial.

Ana Donremí no hizo comentarios ni escenas acerca de lo acontecido doce o trece años antes, como si se hubieran visto normalmente un mes atrás. Abrazó y besó a su hija, envolvió a los dos niños al mismo tiempo entre sus brazos y les dijo cosas cariñosas que ellos casi no pudieron entender, pero reconocieron como buenas y amistosas, y para sorpresa de todos también le tomó las manos a Suyin y le agradeció por lo que estaba haciendo por su hija y sus nietos.

—Eres una chinita muy noble y buena. —Sacó de su monedero una estampita de la Virgen de La Caridad del Cobre, la besó con unción y se la regaló a la thai—. No tengo cómo pagarte lo bien que te portas con ellos y lo lindo que los vistes, lo bien que los alimentas y lo que te preocupas por su bienestar. —Y le corrió una lágrima, una sola, por el rostro.

Suyin primero miró desconcertada a Ana, que también estaba expectante y confundida, pero la pequeña thai, con la chispa natural de los asiáticos, se repuso a toda velocidad, besó la pequeña efigie con respeto y se la guardó debajo de la blusa, entre los senos.

—Ellos buenos todos con mí, *señola*. —Rápida, metió la mano en su bolso de lona y le puso en la mano a Ana Donremí una diminuta mascarilla Hirunyak de imitación, un dijecito con muy escaso valor comercial, pero delicadamente trabajado y muy bonito.

—Gracias, mi hijita, lo guardaré siempre como un recuerdo tuyo. —Y se lo metió entre los carnosos y amplios pechos.

—*Glacia a ti, señola.*

Las dos mujeres, en apariencia tan distintas, no dejaban de tener a todo el mundo con la boca abierta de estupor.

Si no era un mutuo sentimiento de buena voluntad, que lo parecía, aquel encuentro constituía una lección de alta diplomacia.

Entonces, Ana Donremí se echó a un lado, se estregó el ojo derecho, sonrió con aquiescencia y dejó que los hermanos se reencontraran a su aire. Había cumplido con su parte más allá de lo esperado, con esa manera elegante, muy a su viejo y rancio estilo de gran señora, y decidió que ya era tiempo de regresar a su habitual reserva.

El fantasma de Herman, que estuvo de diferentes maneras en la cabeza de todos los presentes, no fue, por lo menos de palabras, un personaje en ese drama.

Máximo se había convertido en un viejo mucho antes de cumplir los cuarenta: hablaba poco, se veía encorvado, su dentadura era un desastre, las manos le temblaban, las entradas se habían convertido en una calvicie de mechones ralos, tenía hemorroides y una urticaria persistente en el cuello, los sobacos y los antebrazos, dormía mal, comía sin apetito, revivía constantemente en su memoria a sus compañeros de prisión. «¿Cómo la estarían pasando, tendrían visitas, habrán comido, pobres muchachos, serán muy duras las salvajes requisas que les hacen en sus celdas, cuando les da la gana, los carceleros?».

Y no tenía idea de la manera en que se conducía un coche automático, se utilizaba una fregadora de platos, se hablaba por un teléfono inalámbrico, se cambiaban los canales del televisor con el control remoto o se conciliaba una cuenta corriente en un banco. Un ánima en pena, una sombra del atleta brillante, jovial y algo alocado, irresistible para las chicas de su entorno, que había sido en otra era.

De cierta manera, como les explicó después a Ana María y a Gretel un médico cubano del refugio que revisó concienzudamente a Máximo y estuvo conversando largo rato con él más en plan de amigo que de profesional, Máximo se había institucionalizado.

—¿Institucionalizado?, ¿qué quiere decir eso, doctor? —preguntó Ana María con la boca abierta.

Eso quería decir, y era un horror, que al entrar en prisión tan joven y pasar tantos años en ella, su psiquis se había adaptado a la vida carcelaria.

—Miren señoras, lo que les voy a decir parece un disparate, pero eso aparece en los libros de medicina y aquí lo vemos con cierta frecuencia. —Se golpeaba levemente con el estetoscopio la palma de la mano izquierda mientras permanecía sentado en el borde del escritorio—. Su hermano «extraña» la vida en la prisión, es como si le costara mucho trabajo vivir del lado de afuera de las rejas. —Movió la cabeza de un lado al otro como si a él mismo le pareciera imposible—. En la cárcel se conocen los riesgos, y la mayoría de los presos terminan por dominarlos, pero la vida en libertad es otra cosa, asusta. —Se paró y se dirigió a la puerta del despacho—. Pero con el tiempo se le va a pasar.

—¡Dios mío!

—¿Usted cree, doctor?

—Se le va a pasar, es todavía muy joven, por suerte para él, y se le va a pasar. —Les estrechó las manos y les señaló la salida—. Se van a acordar de mí, ya verán.

Arreglar las limitaciones y calamidades de Máximo era cuestión del tiempo, del transcurso de los meses, como pronosticaba el doctor, y del empeño y la pacien-

No preguntes por ellos

cia que debería tener la familia que había recuperado.

El encuentro de Ana María con Gretel fue distinto.

Las hermanas tenían tanto que decirse que comprendieron que las madrugadas, cuando todo el mundo se durmiera y nada ni nadie molestara —llamadas telefónicas de viejos conocidos, pues lo que se dice amigos no tenían, visitas intempestivas, la búsqueda de una casa donde vivir, el papeleo inmigratorio, las compras, casi no tenían nada que ponerse, el cuidado de los niños, las gestiones perentorias y todo lo demás—, serían sus horas de ponerse al día, de contarse confidencias, de tratar de apropiarse con palabras de todo lo vivido y sufrido durante aquellos desgarradores años que ahora se antojaban un suspiro.

Herman, por su parte, después de aprovechar su estancia en Bangkok para poner en orden todos los documentos relacionados con su *status* dentro de la Agencia, los salarios y primas devengados y por devengar, las bonificaciones por condecoraciones(todas secretas) y heridas en acción de guerra u operaciones encubiertas, aclarar las compensaciones que recibiría él en caso de retiro, o su mujer en caso de que él falleciera en servicio activo —le recordó a un burócrata, y no pudo evitar cierto dejo burlón en su comentario, que casi había muerto al «estrellarse un helicóptero» en ocasión de un servicio rutinario—, e incluso en el caso hipotético de pasar a ser un MIA (*missing in action*), posibilidad que hizo reírse al mismo funcionario:

—Señor, es mucho mejor que el cuerpo, lo que quede del cadáver, ¿usted sabe?, los pedacitos, aparezca, porque si no lo encuentran se vuelve un tremendo embrollo para su familia el cobrar la dichosa pensioncita.

El tipo, un chaparrito seguramente hijo o nieto de chicanos, se las daba de humorista.

—Sin la chapita con su nombre, señor, creo que tienen que esperar como cinco años para ver un dolarcito, así que rece para que la dichosa chapita aparezca, aunque usted esté convertido en cantitos quemados e irreconocibles.

—Ah, ¿sí?

—Los despojos no son tan importantes como la plaquita de latón. —Enseñó con un gesto de cierto placer la que le colgaba del cuello—. No lo olvide, señor, esa planchita con su nombre y su numerito de identificación es usted mismo, es más, tiene mucho más valor que los huesos que dejan peladitos los gusanos, ¿vale, *güey*?

¡Como le jodía a Herman que le hablaran en diminutivos!

Pero el *güey* tenía razón, ya había oído esas historias antes y este cabrón conocía el asunto de primera mano, no porque viera la muerte real de cerca, eso nunca, sino porque procesaba los papeles de los finados que, al parecer, era lo que valía.

—¡Gracias por tus informaciones, *güey*!

El tipo casi se mea de la risa.

Una vez terminadas las gestiones, que debía haber hecho hacía tiempo, y ponerlo todo en orden, se las ingenió para hablar un buen rato por teléfono con Ana María, calculando la diferencia horaria y sorteando las frecuentes interrupciones por estática o limitaciones de las líneas de comunicación en la parte asiática.

Se alegró mucho de la ausencia de problemas con su suegra, a la que no conocía personalmente, pero había visto en viejas fotos.

Prefirió no hablar con los niños:

—En otro momento hablo con ellos, me conformo con saber que están bien y disfrutando de Miami, ¡ya se merecían un viaje así!

Ana María sonaba segura y tranquila, satisfecha de que todo fuera yendo mejor de lo esperado.

—Estoy encaminando todo por acá para regresar

cuanto antes. —La sintió titubear—. No sabes cuánto deseo volver a nuestra casa.

—¿Cómo le ha ido a Suyin por Miami?

—No tienes idea de cómo se ha adaptado, y hasta se ha metido en un bolsillo a mi madre, que es mucho decir, ¡esa china es un tesoro, Herman!

—Es thai, Ana, no es una china.

—¡Yo lo sé, chico!, es una manera de decirlo.

—¡Llevas quince días en Miami y ya estás hablando como los cubanos, Ana!

—¡Coño, ni que tú fueras americano!

Por un momento fueron los de antes, riendo con ganas, alegres, hasta dichosos.

Buen momento para despedirse.

Esa noche Herman bebió poco y se durmió temprano, sin pesadillas, sin la compañía de sus muertos, como hacía mucho tiempo no lo hacía.

Al amanecer, por suerte no llovía, se fue al aeropuerto y regresó, sin sobresaltos ni aprensiones, en un avión transporte thai —uno de esos inevitables cacharros de la época de la Segunda Guerra Mundial— a las instalaciones de la Agencia en Chiang Mai.

Desde Chiang Mai Herman libraba ahora su guerra, una contienda que sabía perdida, como derrotados estaban los que desfilaban cada noche por el paredón de ejecuciones de la vieja fortaleza allá en la isla, que morían ignorando que al pasar el tiempo, al correr de los años, los vencedores del momento irían descendiendo, poco a poco, o de un golpe —como el hombre de la boina negra, al que se le mondaban los huesitos en alguna selva perdida de Bolivia— hacia la descomposición, el acomodamiento y el abandono de los ideales.

—¿Ideales?, ¿qué coño quería decir esa palabra? —Una ilusión de mierda que los había empujado a convertirse en criminales.

Y también en víctimas.

¿Es que había tanta diferencia? ¡Qué importaba! Ya Herman había asegurado su retaguardia.

Entonces, sin lastres y sin bultos, de regreso feliz a la batalla, más cerca de sus agrestes hmong y de sus muertos. Y lejos de sus remordimientos. Lejos.

15

MEKONG RIVER, 1973

Los rebeldes laosianos de la etnia hmong, salvando las diferencias físicas e idiomáticas, le recordaban a Herman los rudos campesinos cubanos de las zonas montañosas, conocidas como serranías del Escambray, situadas en el centro de la isla de Cuba. Unos guajiros —así les llaman en Cuba a los campesinos— que se habían alzado en armas contra el gobierno de Castro, casi desde el inicio mismo de su régimen. Sin aceptar, salvo muy contadas excepciones, tierras, beneficios y prebendas en compensación por haber combatido también, desde sus tupidas y aisladas lomas, contra la dictadura de Fulgencio Batista.

De hecho, una porción de aquellos ásperos guajiros había sido soldados y oficiales del mismo Ejército Rebelde, reforzado ahora por miles y miles de milicianos, al que se enfrentaban con el arrojo casi suicida de los que no tenían mucho que perder.

Una manga de tontos oposicionistas sistemáticos, como fueron denominados en alguna ocasión, por el hombre de la boina negra.

Duros, muy duros de pelar, aparentemente inmunes al esfuerzo físico, al hambre y al dolor, increíblemente hábiles para burlar al enemigo y de una crueldad extrema y refinada a la hora de hacerlo padecer, apegados a su tierra, resignados a la muerte temprana, simuladores, ladinos, taimados, pero valientes hasta bordear la insania y fieles a sus fieles... y nada más que a sus probados fieles, y si los unían lazos de sangre, pues aún mejor.

No era infrecuente que aquellas familias asentadas en las sierras contaran con diez o doce muertos en combate o ejecutados entre sus miembros: padres, hijos, hermanos, tíos, sobrinos, pero qué se le va a hacer, así es la guerra, te decían sin lamentarse, y a otra cosa.

En sus tiempos en la fortaleza, Herman había tenido muy poco que ver con el trágico final de esos hombres que cargaban con el mote de bandidos, pues en su gran mayoría morían peleando o eran fusilados —después de unos simulacros de procesos judiciales que podían durar, con tiempo favorable, entre cinco y quince minutos— en los mismos lugares donde eran capturados o en los predios de zonas aseguradas por el ejército, si es que se consideraba que valía la pena interrogarlos, lo que solía terminar en una pérdida de tiempo y en un barraje de injurias e insolencias para los improvisados, o no tanto, investigadores y fiscales de la Seguridad del Estado.

Y así, aunque un poco más ariscos y reservados, mucho menos expresivos y más refinadamente crueles, por supuesto, más asiáticos, eran los hmong.

No le había sido fácil a la Agencia congraciarse con aquellos rebeldes naturales, pero el ser enemigos de sus mortales enemigos, los Viet, el flujo gratuito de armas, municiones y abastecimientos (los hmong cultivaban solo arroz y opio) y la actitud valerosa y franca de algunos norteamericanos que operaban directamente en el terreno habían establecido lazos que se extenderían en el tiempo hasta mucho más allá del final de la guerra en Indochina.

Tobey Pao era un jefe hmong por el que Herman sentía un particular sentimiento de respeto, admiración más bien, y a su vez, sobre todo después de Phou Pha Thi, esa consideración era retribuida por este, permitiéndole un acceso a su entorno que no se le concedía a casi nadie, y mucho menos a un extranjero, un blanco.

Una vez que el reino de Tailandia decidió retirar, oficial y públicamente, su ayuda militar al gobierno de Vietnam del Sur, y ya en pleno proceso de vietnamización, la palabrita de corte político, hipócrita también se dijo de ella, que el gobierno de Nixon y el señor Kissinger inventaron para encubrir la vergonzosa fuga de aquel matadero sin sentido, Laos quedó literalmente en manos del ejército de Vietnam del Norte y de sus aliados nacionales, el Pathet Lao. Y por supuesto, los hmong, los inquebrantables amigos de los norteamericanos, los anticomunistas de hueso colorado, quedaron librados a su (mala) suerte. A su estremecedora y deletérea mala suerte.

Incluso, las operaciones más o menos encubiertas de la Agencia dentro del territorio de Laos estaban siendo desmanteladas y muchos de sus oficiales de misiones especiales en el campo transferidos a otros destinos o pasados a retiro. Algo que sucedería, en muy breve tiempo, de mantenerse la misma política y no se veía una razón de peso para cambiarla, con el propio Herman, que, por demás, tenía una colección de cicatrices, tanto en el cuerpo como en el cerebro, suficientes como para acogerse, lejos, allá en su tierra, a la vida apacible del pensionado.

Los hmong, diezmados al extremo de que casi no contaban con combatientes que superaran los doce o trece años de edad, y arrancados a la fuerza de sus magros arrozales y de las ganancias, cada vez más exiguas, que les brindaba el trasiego de opio y de las que dependían vitalmente para sobrevivir, se estaban refugiando en las mesetas y bosques del norte de Tailandia. Muchos de ellos, o sus disminuidos descendientes, regresarían con los años, más de un cuarto de siglo después, a un Laos con un gobierno más amable o terminarían como refugiados en los estados de la costa oeste de Norteamérica. Pero, en aquel momento, a los hmong solo le quedaban dos opciones: o se replegaban, dejando por detrás un sembradío de cadáveres, hacia la abrupta zona de la montaña Phou Bia, la más alta e inaccesible de toda la cordillera central —9000 pies de altura o algo más—, una especie de cementerio de elefantes perdido entre las nubes, o huían a Tailandia a sobrevivir y esperar.

Con ese oscuro panorama por delante, Herman se encontró, una vez más, con Tobey Pao. Lo hicieron en un calvero en las cercanías de la aldea de Chiang Khong (después, andando el tiempo, ese minúsculo poblado crecería hasta ser un pretencioso pueblo turístico desde donde se comenzaría el *tour* del Mekong, incluyendo, claro está, a Laos), a unas ocho horas de Chiang Mai, en *jeep*, por caminos de arcilla y greda infernales, justo en la ribera tailandesa del Mekong, el gran río, el río madre de los ríos para los indochinos.

Herman Markis llegó solo y desarmado hasta el lugar que ambos conocían de anteriores encuentros secretos. Pao, también desarmado, venía acompañado por algunos silenciosos compañeros, todos muy parecidos a él, cargando sus AR-15 y AK-47, y muy probablemente por otros, bien escondidos en la selva, que no se dejarían ver por nadie.

Se saludaron con consideración y aprecio, muy al estilo hmong.

—¿Te ha ido todo bien al cruzar el río, Tobey? —le preguntó Herman con calculada deferencia.

—Todo bien, señor Herman, el río es un amigo, no es nuestro problema, nuestras desgracias vienen de allá.

—Y señaló hacia el este, hacia Vietnam.

Un compañero de Pao, quizás uno de sus hijos y obviamente también fiero guardaespaldas, un zorrito con los colmillos afilados, colocó con cuidado el fusil sobre un tronco seco y se puso a preparar un té de hojas aromáticas, tan hirviente que Herman tuvo que soplar —Pao se burlaba amablemente de esas debilidades de los blancos— para no achicharrarse los labios y la lengua.

—El calor es vida, señor Herman.

—El calor quema, Pao.

—¡Ah, sí, como el napalm! —Se rio el hmong con su risa de caballo.

Después de dedicar unos minutos a beber despacio el té y a más charla intrascendente, Tobey Pao dio inicio a la perorata que lo había llevado hasta aquel solitario lugar arriesgando la vida de él y de sus hombres.

—Señor Herman (Markis nunca empleó nombres ficticios con los hmong y ellos lo sabían, y sabían apreciar ese detalle), aún no he vivido treinta años y ya soy un anciano venerable entre mi gente. —Hizo un silencio enfático—. Casi todos nuestros hombres se han ido, guerreando, al país de los *phi*, y ya solo disponemos de estos niños que aquí ves para luchar contra los Viet, pero seguimos, y seguiremos, combatiendo hasta que el último de nosotros se despida y nuestro pueblo permanezca solo en el recuerdo, si es que alguien ha de resucitarnos en su mente.

Herman asintió contrito.

—Lo sé, Pao, y por eso estoy aquí para escucharte, y si está en mis manos, ayudarte.

—Señor, para los Viet y sus criados solo somos bandidos, sabandijas, y su designio es aplastarnos o arrastrarnos a la esclavitud. —Miró a Herman con una mirada helada y penetrante, que casi le hizo estremecerse—. Y lo conseguirán, no lo dude, si el destino quiere que quedemos desarmados.

Herman se tomó algún tiempo antes de contestar:

—¿Qué podemos hacer por ustedes, Pao?

—Hemos luchado juntos mucho tiempo, señor, pero se escucha insistentemente el rumor de que van a abandonarnos.

—No sé, Pao, nunca te he mentido y no voy a hacerlo ahora. —Herman se incorporó despacio—. No puedo discernir lo que mi gobierno hará, pero sí puedo saber lo que yo estoy dispuesto a hacer, que no es mucho, pero es algo.

Tobey Pao asintió con deferencia.

—Derrotar a los Viet es imposible. —Hizo una pausa y se quedó como ensimismado un rato, que Herman respetó sin moverse y sin abrir la boca—. Pero es posible salvar algo de mi pueblo trayéndolo hasta acá, cruzando el río.

Herman volvió a asentir.

—De obtener el permiso de paso y de estancia provisional del Gobierno Real Thai, yo me encargo, Pao, cuenta con eso, tienes mi palabra.

—Eso esperaba de usted, Herman, pero hay algo más.

—Te escucho.

—Algunos de nosotros no vendrán, nacieron allá, donde nace el Sol. —Señaló hacia el este, al otro lado del Mekong y hacia las altas montañas cubiertas de nubes en el horizonte—. Y allá morirán, señor, y se pudrirán en las cimas de los riscos, cerca de las aves, comidos por las aves, y sus huesos se blanquearán al sol, pero ese es su deseo.

—Eso debe respetarse, Pao.

—Y se respetará. —Apuntó con un dedo fino al pecho de Herman—. Pero quieren morir matando, señor, como sus antepasados, como debe ser, para que sus almas inmortales accedan a la paz que merecen y no se conviertan en *phi* malévolos.

—Necesitan armas y municiones, ¿no es verdad, Pao?

—Es lo justo, señor.

—Las tendrán, no muchas, pero las tendrán.

—Lo que pedimos es poco para lo que tienen los Viet y sus lacayos.

—Lo sé, y no puedo ofrecerte nada más que fusiles y balas, Tobey.

—Confío en su palabra, señor, para morir matando,

basta con eso.

—Si es preciso, lo haré por mi cuenta, Pao, y cuánto antes.

Herman dio dos pasos hacia Pao y le estrechó las manos con firmeza en señal de acuerdo, un acuerdo entre hombres que valía mucho más que un papel con letras.

—¿Tobey? —El pequeño y nervudo jefe hmong hizo una corta reverencia—. Ahora soy yo el que quiere pedirte algo.

—Si está en mis pobres manos hacer algo por ustedes, señor.

—Por ustedes no, Tobey, por mí, y olvídate de mi gobierno y de mis jefes. —Herman apretó aún más las manos de Pao con sus dos manos—. Es por mí, Tobey, mi amigo. —Esperó unos segundos antes de continuar—. Se trata de un pequeño asunto personal que debe quedar entre tú y yo.

—La vida de mi pueblo, y su digno y honorable paso al mundo de los muertos, depende ahora de usted, señor Herman. —Asintió con fuerza para reafirmar sus palabras—. Por eso mi vida es suya, señor. —Pao miró a Herman a los ojos fijamente—. Puede pedirla cuando quiera.

—¡No, Tobey, tu vida se la debes a tu pueblo! —Soltó sus manos de las de Pao y las juntó, palma con palma, al frente de su pecho.

—¡Es de mi vida de lo que quiero hablarte!

—¿De su vida, señor?

—¡Sí, Tobey, de mi vida!

Se señaló a sí mismo con el índice de la mano derecha.

—¡O de mi muerte!

16

Langley, Virginia, 1974

Un joven caballero y una dama aún más joven, ambos esbeltos y elegantes, indumentaria cara, de buen corte —Bloomingdale's, Hermes, Chanel, cosas así— y bien llevada, recibieron, con discreción pero con estilo, a Ana María junto a la alfombra de goma oscura algo gastada en la salida de la puerta de acceso B 14 del aeropuerto John Foster Dulles, en Fairfax/Loudoun, unas pocas millas al norte del área metropolitana de Washington, D.C.

—¿La señora Markis?

—Servidora.

Se apartaron a un lado para permitir el libre paso del flujo de apresurados viajeros que venía detrás de ella y los dos le estrecharon la mano con cortesía y delicadeza.

Ademanes educados, modales de la Ivy League, clase.

El vuelo de TWA llegaba, con solo unos minutos de retraso, desde San Francisco, con una escala en el aeropuerto intermedio de Kansas City, en el centro del país. Y Ana María se sentía lo suficientemente cansada y mareada, después de algo más de un día completo de viaje desde Bangkok, más la alteración radical de sus husos horarios, como para sentirse con deseos de socializar.

La flojera en las piernas, las punzadas en la espalda y el rostro demudado y pálido le hacían parecer enferma o embriagada, y borracha estaba, sí, pero de cansancio e inquietud.

—Señora Markis, mi compañero y yo pensamos que

usted debe sentirse extenuada.

La muchacha la tomó por el brazo y el joven le pidió el neceser de viaje para acarrearlo él en la larga caminata hasta el local de recepción de maletas, situado un piso por debajo.

—La llevaremos a un buen hotel en Arlington, donde podrá descansar de este largo viaje, comer caliente y recuperarse.

—Y se sentirá como nueva mañana en la mañana, ya verá.

Le dijeron sus nombres de pila, que a ella le parecieron demasiado comunes: John y Susan o algo así, y se fueron caminando despacio —se notaba el esfuerzo contenido de aquellos dos atletas para frenar el paso— por el largo pasillo de la terminal aérea hasta llegar, después de bajar por una escalera rodante, a la cinta transportadora de equipajes.

Ana traía una sola valija, con una agarradera nacarada, muy a la moda por aquellas fechas, no muy grande, y el joven también se hizo cargo de ella una vez identificada.

Cuando la acomodaron —los dos subieron con ella en el ascensor después de recoger la llave e inscribirla en la recepción— en una agradable habitación de un buen hotel de Arlington, Ana María se hallaba a punto del desfallecimiento.

—¿Podemos ayudarla en algo más, señora?

—Ya han hecho demasiado por mí. —Les sonrió agradecida—. Quiero asearme y descansar en silencio, necesito dormir.

Asintieron ambos con una sonrisa de dientes blancos y perfectos.

—Aquí tiene nuestro número telefónico. —Le entregaron una tarjeta, una sola, con un número de teléfono, y nada más—. Estamos a su entera disposición para lo que pueda necesitar.

Una vez en la agradable y moderna alcoba, se duchó con agua lo más caliente posible, se enjabonó varias veces con un perfumado jabón líquido y sales aromáticas, se tomó un par de aspirinas y un somnífero con una Coca Cola, lo único que su estómago podía soportar después de aquella sucesión de comidas y bebidas con que la atiborraron en la sección de primera clase del avión, y se tiró en la cama, envuelta en una enorme y esponjosa toalla.

Solamente había deshecho una pequeña parte de la inmensa cama echando a un lado la cubrecama azul celeste que la cubría.

Sus pensamientos, ahora aseada y relajada, la llevaron de vuelta a Bangkok, un año atrás, la tarde en que un funcionario de la embajada norteamericana — así se presentó— la fue a recoger al Colegio Americano y la llevó, en un auto grande y negro, un Ford LTD, a una oficina consular más o menos cercana donde la esperaban otros dos señores, uno de ellos militar, al que después de un breve saludo ella les rogó que fueran al grano.

Las nuevas eran confusas, como todo lo que se relacionaba con su marido.

Herman probablemente había sufrido un accidente, uno más, le informaron escuetamente, durante un vuelo de inspección en las zonas altas, al norte de Chiang Mai, y que como ella podía suponer, ese territorio selvático y escabroso hacía muy difícil el acceso.

—No todo está perdido, señora Markis —balbuceó el vestido de civil—. Aún podemos encontrarlo a salvo, sano y...

—Les agradezco, señores, el interés de ustedes en hacerme este trago más fácil, pero prefiero la verdad tal y como es, sin engaños.

No era estoicismo, Ana no era taoísta ni nada parecido, era sencillamente la certeza de que Herman tenía, quería, para decirlo con propiedad, terminar así y ella lo sabía —siempre lo supo después de que sufrió aquellas heridas espantosas en el accidente, o en la guerra, o donde fuera— y se había ido preparando para eso en sus ausencias.

—Bien, creemos que ha fallecido, pero aún no podemos confirmarlo.

—No tenemos la certeza, ¿sabe usted? —dijo otro de los presentes, que hasta ese momento no había abierto la boca.

—¿Cuándo... cuándo me lo van a decir con certeza?, como usted dice.—En cuanto podamos, señora Markis, pero no pierda las esperanzas.

Se pusieron todos de pie, aquello, evidentemente, había terminado.

—Nos mantendremos en contacto, señora Markis.

Les agradeció y regresó a su casa a esperar, resignada, el desenlace de todo aquello, que cada vez más le parecía una inútil farsa.

Esa noche, una larga noche, después de tranquilizar y acostar a los niños, Suyin prendió unas velas olorosas, quemó una barra de incienso, rezó unas plegarias a sus *phi* y se fue a la cocina a prepararle un caldo a Ana María. Mientras lo tomaba, sorbo a sorbo, Ana María se enteró, para su sorpresa, que Suyin era viuda de un hombre con el que no se había casado.

Suyin hablaba poco y su pasado era oscuro, pero esa noche, tan amarga, Ana sintió que por fin comenzaba a abrirse, a saltar las barreras culturales, idiomáticas y sociales que podían separarlas, y que eran tan difíciles de romper para un pueblo tan introvertido y orgulloso.

Tres días después le confirmaron la muerte de Herman y le aseguraron que se le entregarían sus restos mortales, si eran recuperados, lo que no daban por seguro.

Lo que más le dolió fue saber que varias compañeras suyas del Colegio Americano ya sabían esa noticia, con toda certeza, desde el día anterior, o incluso antes.

Fue el marido de la doctora Sirikit que, aunque retirado del servicio activo seguía teniendo acceso a muy buenas relaciones en el ejército y la Agencia, a instancias de esta —que estaba que trinaba por la forma en que esos desgraciados trataban a su amiga— le contó toda la historia que se le quería ocultar, con pelos y señales, como le exigió Ana después de jurar proteger su anonimato.

El relato era sencillo y nada sorprendente para Ana.

Herman participó, muy activamente y durante varios meses, en el trasiego de refugiados hmong, sobre todo mujeres, niños y algunos ancianos, a través del río Mekong hacia el oeste, o sea, hacia las zonas altas de Tailandia, donde ya se había logrado un acuerdo para dar refugio a estos infelices siempre y cuando los norteamericanos viabilizaran su posterior salida al exterior. Pero al mismo tiempo, Herman se involucró, incluso más allá de sus atribuciones y del visto bueno de sus jefes, en el suministro, contrabando sería más acertado decir, de fusiles, municiones y explosivos en dirección este, hacia la cordillera central laosiana, donde resistían, en focos aislados, los últimos guerreros hmong, si es que se podía llamar guerreros a aquellos seres famélicos y desnutridos, aunque en verdad, todavía muy peligrosos, letales.

Lo peor, lo que encabronó a los que estaban por encima de él, fue que Herman cruzaba el río y penetraba una y otra vez en Laos, territorio neutral, o enemigo, ¡qué más daba!, llevando a cabo misiones que nadie le había encomendado.

Por la libre, como decían los cubanos.

La Agencia había dado por perdidos a los hmong como pueblo y como fuerza combatiente, y Herman se los estaba trayendo de vuelta, por un lado, y armando y reconvirtiéndolos en una espina en el zapato para los

Viet y el Pathet Lao, justamente cuando todo el mundo quería terminar con todo aquello y pasar la página, olvidar.

Y eso que estaba haciendo Herman, por paradojas de la guerra y de la vida, también convertía a los hmong en una espina en el zapato para el reino thai y los norteamericanos.

Bad news para el mando militar occidental y la Agencia.

Una mañana tormentosa, en plena temporada del monzón, se apareció en Chiang Khong, una de las cabezas de paso del Mekong en el lado thai, el respetado jefe hmong Tobey Pao, al que la gente de la Agencia había dado por muerto hacía semanas. Y no venía solo, el cabrón guerrillero traía, en una pequeña parihuela de lona anudada a un palo de algo más de un metro de largo, lo que quedaba del despedazado cuerpo de Herman Markis, desmembrado por el impacto directo de un obús de mortero 120 de los Viet.

Después de curarle las heridas, Tobey tenía trocitos de metralla incrustados en la piel que le cubría casi todo el cuerpo, un plomo en la paleta izquierda y un tajo de bayoneta en una mejilla, exigió ver a un jefe blanco para entregarle información importante.

—¡Solo a un jefe americano, *okey*!

Conociéndolo como lo conocían y viéndolo regresar del otro mundo en semejante condición, se buscó sin tardanza a un jefe blanco.

El enlace de la Agencia, un sureño alto y desgarbado que Tobey conocía muy bien de anteriores entrevistas y extrañas aventuras, se sentó en cuclillas delante de este y esperó, sabiendo que con el hmong el exceso de palabras resultaba contraproducente.

—Aquí tiene, señor, la chapa de identificación del jefe Markis. —Se la puso al gringo en la palma de la mano—. Lo que quedó de él, del jefe Markis, también está a su disposición, lo tienen sus hombres en la enfermería.

El americano asintió.

Tobey esperó en silencio a que el americano se guardara en un bolsillo de la guerrera la importante (importante para la familia) placa de identificación de Herman. Entonces dijo:

—Y dos casquillos del calibre 50. —Le mostró al hombre una vaina de color bronce en cada mano—. En esta, que está abierta, están escritas en un papel, por la mano del jefe Markis, las coordenadas de un gran grupo blindado Viet, tanques y cañones, que avanza hacia el sur, rumbo a Hanói, supongo.

Le entregó el cartucho sin el plomo y con una hojita de papel cebolla enrollada dentro al hombre de la Agencia.

—Lo que ustedes hagan con esa información, señor, a mí no me importa, pues esos carros blindados no están destinados, por una vez, a aplastar a mi pueblo.

El americano volvió a asentir sin decir una palabra.

—Y en esta otra vaina, que está aplastada en la boca donde enrosca el plomo, se encuentra una nota del jefe Herman a su mujer.

El hombre se quedó mirando de hito en hito los dos objetos metálicos, el que ya tenía en su mano y el que le mostraba el hmong.

Tobey miró al tipo con los ojos arrugados, como dos rayitas.

—Espero, señor, que la haga llegar a su destino tal y como está. —Le entregó con parsimonia al hombre el tubito de metal aplastado—. ¡Es la voluntad de un muerto, señor, y eso sí me importa, y mucho! —El americano se echó hacia atrás, imperceptiblemente, ante la mirada dura de Tobey Pao—. ¡La voluntad del hombre que muere en la batalla es sagrada, señor, y usted lo sabe!

—Lo sé, Tobey, lo sé muy bien... y así se hará.

En la tarde del día siguiente, los dos jóvenes pasaron a recoger a Ana María, guiaron hacia el recién inaugurado George Washington Memorial Parkway —el tránsito no era muy denso a esa hora—, salieron, dejando el río Potomac a la derecha, hacia Langley, y arribaron en un par de minutos al moderno y sólido edificio gris claro de la Agencia Central de Inteligencia.

Después de pasar los controles de rigor, caminar por largos corredores solitarios y subir, o bajar, Ana estaba algo confusa en cuanto a ese detalle, penetraron en un pequeño salón, una especie de teatro con un escenario chico donde estaban plantadas dos banderas, la de los Estados Unidos a un lado y al otro la de la Agencia, y unas cuantas butacas, quizás veinte.

Dentro la esperaban dos personas, solamente dos.

En una ceremonia secreta, y muy breve, se dijeron solo unas pocas palabras, no más de un minuto o dos, por el hombre alto y rubio vestido con un traje claro, el señor Teodoro Shackley, y un general de tres estrellas de la fuerza aérea. Entonces le presentaron a Ana María, con solemnidad, una medalla, una estrella de oro, en un estuche color vino.

La condecoración, una distinción de servicio distinguido de los servicios especiales, con el nombre Herman Markis grabado en el metal, les era conferida a muy pocos, y representaba también más beneficios para los familiares del difunto galardonado.

Ella la tomó entre sus manos, la miró por un minuto, la besó y se la devolvió al general.

No derramó una lágrima, pero su cara estaba pálida, cerúlea.

—Aquí quedará, señora, bajo nuestra custodia. Mejor dicho, bajo la custodia del gobierno de los Estados Unidos, hasta que llegue el momento de que le pueda ser entregada definitivamente a usted y a sus hijos.

—Gracias, eso espero, señor. —No le tembló la voz como temía.

Entonces Shackley sacó del bolsillo de su gabardina

un objeto envuelto en una tela azul atada con un cordón dorado.

—Esto, señora, le pertenece y le va a sorprender.

—Quizás no, señor, si es que usted intimó alguna vez con Herman Markis.

—No tuve ese honor, señora, y créame que lo siento mucho.

Una voz marcial, proveniente quizás de una salita de proyección adjunta, ordenó atención.

Escucharon firmes y concentrados, en absoluto silencio, una grabación del himno de los Estados Unidos, se estrecharon las manos y Ana María fue devuelta al hotel, recorriendo el mismo camino solitario, pero a la inversa, por los mismos jóvenes, menos de dos horas después de que saliera de él.

Al día siguiente, bien temprano, regresaría a Bangkok pasando primero por Miami.

Al caer la noche, y después de tomar un largo baño y envolverse en su mullida bata de casa, pidió un par de Martini bien cargados al servicio de habitaciones —el Tío Sam corría con los gastos—, se acomodó en una butaca, saboreó el trago y leyó, al fin, la carta que le había sido negada tanto tiempo:

Ana María:

*Fui a tu país buscando aventuras y gloria, y no
las encontré, hasta que te encontré a ti.
Ahora llegó el momento de irme, y me voy feliz, porque estoy
haciendo, por primera vez, algo bueno y noble con mi vida.
Y también parto feliz porque nuestros hijos quedan
en las mejores manos del mundo, en tus manos.
Espero convertirme en un phi benigno y obtener del buen
Dios el don de cruzar los mares, para protegerlos a ustedes del
mal y para poder mirarte, y disfrutarte, como tanto me gusta, cuando estés sola, únicamente cuando te encuentres sola.*

Ana María:
Ve con tu familia y vive.
Brinda por mí, alguna que otra vez, pero vive y se feliz.
Vive, Ana María, vive, disfruta la vida y se feliz.
Es una orden, coño.

Herman

Se levantó del butacón, se limpió las lágrimas con el dorso de la mano, cogió la otra copa de la mesa, fue hasta la ventana, miró hacia las titilantes estrellas de la noche, hacia la luna nueva, levantó las dos copas de Martini al mismo tiempo y brindó:

—¡Por ti, Herman Markis, loco cabrón maravilloso, por ti!

Entrechocó suavemente una copa con la otra y se bebió, de un trago, el resto del Martini que quedaba en la suya.

Se relamió con las últimas gotas del licor y las lágrimas saladas que le corrían por las mejillas para terminar en las comisuras de la boca.

Tomo un sorbo de la otra copa y la colocó, con amor, en la mesa de noche, cerca de donde reposaría su cabeza esa noche.

—¡Viviré sí, claro que viviré para mis hijos, tus hijos, Herman! —Sollozaba ahora compulsivamente, pero también sentía un alivio extraño, plácido.

—¡Y quizás, alguna vez, también viva para mí, Herman Markis, pero nadie, me oyes, hijo de puta de mi alma, nadie me va a joder la vida como tú me la has jodido!

Lloraba y reía al mismo tiempo.

—¡Maravillosamente jodida, Herman!

Se quitó la bata, la tiró al piso y se tiró en la enorme cama completamente desnuda y libre, con la libertad de saberse sola y de saber que el que quiere disfrutarte de ninguna manera te va a juzgar.

—¡Aquí me tienes! —Abrió de par en par los brazos y las piernas—. ¡Mira y goza todo lo que quieras, como yo te gozo a ti en mi cabeza!

—¡Mi amor!

17

BETHESDA, MARYLAND, 1979

Una vez aclarados los asuntos pendientes relacionados con la muerte de Herman y establecidos los beneficios económicos de ella y sus hijos, —que no eran muy altos, pero ofrecían cierto grado de seguridad— Ana María se convenció de que había llegado el momento de regresar a su país, quiero decir, a su país de adopción, los Estados Unidos.

Suyin, que se había convertido por su fidelidad y sabiduría natural en un familiar indispensable, estaba dispuesta a seguirla, tanto por ella como por los muchachos. Su sobrina, en realidad su hija, y el resto de la abigarrada familia que dependía en alguna forma de ella, ganarían mucho más con las remesas que la thai podría enviarles, que quedándose todos a pasar trabajos y penalidades en una aldea perdida de la Tailandia profunda.

La experiencia ganada en esos años en el Colegio Americano, tanto en idiomas como en el manejo de los libros de texto, rudimentos docentes y los archivos, unida a un pequeño empujón de los chicos de la Agencia, le abrieron la puerta a Ana María para obtener un empleo de bibliotecaria en una dependencia de los Institutos Nacionales de Salud, ubicados en Bethesda, un lindo suburbio periférico de clase media alta de la ciudad de Washington. D.C., la capital del país, aunque perteneciente territorialmente al estado de Maryland.

Máximo y Ana Donremí se habían ido encaminando en el Miami de finales de la década de los setenta, una ciudad donde convivían dos mundos, dos universos paralelos y muy disímiles.

Uno era el mundo de la efervescencia anticastrista, un ambiente exaltado, aunque mucho menos violento que una década atrás, y expectante —el gobierno de Castro se cae mañana, se derrumba el mes que viene, si se cae, los americanos lo tumban, los americanos no quieren que se caiga, no se cae, no se cae más nunca, y así hasta el infinito—, ya en proceso de convertirse, gracias al paso del tiempo y la costumbre, en una forma de vida menos beligerante, mucho menos guerrera, pero más dada a la tertulia, la soflama y el pronóstico radial, y también, por qué no decirlo, al acomodo económico a largo plazo, por si acaso el Hombre, el Caballo no se cae pronto o no se cae más nunca.

Junto con las rivalidades de los grupos anticastristas asomaban las confrontaciones étnicas y raciales y también los primeros brotes de los que serían los años locos del tráfico de drogas, los años delirantes de *Miami Vice* y del exagerado *Scarface* de Al Pacino y su exuberante y esquemático Tony Montana, una caricatura hollywoodense (caricatura, sí, pero con muchos granos de verdad) que tuvo sus seguidores e imitadores, sus ganadores y perdedores, y por supuesto, sus bajas.

Pero existía otro mundo, otro universo, el mundo del trabajo legal y duro de las miles y miles de personas que tenían que buscarse el sustento en las fábricas de ropas, zapatos y carteras de Hialeah, las embotelladoras de refrescos, las hilanderías y tiendas de confecciones, en los inmensos «moles» (viene de *mall*, pero en cubano) que ya comenzaban a brotar por todas partes, en las lavanderías de Westchester, en los servicios comunitarios de La Pequeña Habana, construyendo viviendas, carísimas, caras y no tanto, arreglando techos, en los colegios de Kendall y los *day care* (guarderías infantiles) diseminados por el pueblo, chapisteando y pintando automóviles accidentados, como policías, como bomberos, como paramédicos, como funerarios, como embalsamadores, como mueblistas, preparando y sirviendo tragos (¿habrá un mejor *barman* que el cubano?) en los restaurantes y bares de Coconut Grove y de la Playa, el alias de Miami Beach. Y en lo que fuera que trajera la comida a la mesa y el dinero para pagar el alquiler, los muebles a plazos, el imprescindible *transportation*, un cacharro cuya única exigencia es que caminara, la electricidad, el agua, el teléfono y la cadenita de oro 14 con la virgencita de La Caridad del Cobre o el San Lázaro, el santo del bastón de palo, las llagas y los perros, colgado al cuello para la buena suerte y un poco para la ostentación, el «figurao».

En ese último mundo del trabajo tenaz, agotador a veces, muchas veces de más de una ocupación por jornada y de tiempos extra los fines de semana, pero muy provechoso si el cuerpo aguantaba y se era lo suficientemente terco, se desenvolvía Máximo, con su salud física y mental muy recuperadas, entre otras cosas gracias a los cuidados de una nicaragüense, la primera hembra de verdad que había conocido y amado en su vida.

Había tenido, antes de caer en chirona, noviecitas de apretones en los cines y en sus casas cuando las chaperonas no miraban, y quizás dos o tres prostitutas, siempre apuradas e indiferentes, en sus fugaces correrías por las zonas de tolerancia de una Habana que ya era historia, pero eso contaba poco como verdadera experiencia en la vida amorosa de un hombre.

La nica, una chaparrita de brazos fuertes y piernas como troncos, sólida, un par de años mayor que él, divorciada y con dos hijos, pero entregada, acostumbrada a verle los ojos a la adversidad, y superarla, cariñosa (Nicaragua es un país de poetas, no lo olviden) y docta en las artes de revelar a un macho, su macho, continentes desconocidos, y a obtenerlos, ¡pues!

Y se desenvolvía también Ana Donremí, que por primera vez en su vida trabajaba en la calle y ganaba un salario, muy modesto, pero útil, en una botica cubana de la Calle 8, donde además de entretenerse, hacer amistades y ayudar personas —aprendió que mucha gente cargaba sus cruces y vivía sus calvarios propios, iguales o peores que el de ella—, comenzó a paliar, no a olvidar, el dolor encerrado en la tumba sin nombre del cementerio de La Habana. Se había vuelto incluso habladora, pero había una excepción, no hablaba de política.

—¡Los odio demasiado como para hablar de ellos, el día que se jodan me lo cuentan y ya veremos lo que hago, pero mientras tanto... ni me los mencionen!

¿Y Gretel? Pues Gretel, la joven de la mirada hosca y el corazón de oro, como siempre, ocupaba un lugar especial en el corazón y en las cavilaciones de Ana María.

Desde que se instaló en Washington, casi cinco años atrás, Ana estaba tratando de convencer a Gretel para que se fuera a vivir con los niños, Suyin y ella. Pretextos y alegatos no faltaban, ayudarla a ella y a Suyin con los pequeños, conseguir un trabajo de más nivel y mejor remunerado, perfeccionar el inglés, salir del provincianismo de Miami, ver mundo y un montón de otros argumentos, pero la realidad es que Ana quería a Gretel cerca de ella porque la necesitaba y porque sentía la urgencia de reparar una vieja y desmedida deuda, una deuda que se había hecho tan evidente como una explosión al reencontrarse con su hermana.

En verdad, Ana se sentía doblemente en deuda con su hermana, primero por haberla dejado, en un acto de locura compulsiva, sola, al frente, siendo casi una niña, de un hogar desecho en un medio completamente hostil, enemigo, destruyendo sus posibilidades de superación y de disfrutar la vida, convirtiéndola en una madraza de su propia madre, una mujer viuda y con el cerebro estropeado, y de su hermano encarcelado. Esa ya constituía una deuda inmensa, pero había otra.

En una de aquellas largas tertulias nocturnas —justo antes de su regreso a Bangkok desde Miami y de la muerte de Herman— que las dejaban bostezando y con los ojos gachos todo el santo día, Gretel se había decidido, y no le fue para nada fácil, contarle a su hermana la razón de su infelicidad, de esa desventura que masticaba en solitario sin traspasarla nunca a los demás.

—Ana... —Hizo un doloroso alto—. Desde niña me gustaban las mujeres. —Tenía las manos frías como una piedra de hielo—. ¿Te imaginas lo que hubiera pasado si mi padre o mi madre se hubieran dado cuenta de eso?

Ana asintió y la estrechó fuerte entre sus brazos.

—Eran otros tiempos, Gretel. —La besó en la frente—. ¿Pero eso qué importancia tiene ahora?

—Mi padre hace mucho que no está presente para escupirme la cara, pero mi madre y mi hermano siguen ahí. —Tenía el rostro tan pálido que parecía una estatua de yeso—. Y el resto de la sociedad también sigue ahí, Ana, ¿te das cuenta?

—¡Yo me cago en la gente y en la sociedad, Gretel, y lo demostré, lamentablemente para ti, para mi madre y para Máximo, hace muchos años, cuando me fui con Herman!

—Tú te fuiste con un hombre, pero yo...

—Ven conmigo a Washington y mándalos a la mierda, ¡que se vayan a la porra todos! —Le acarició la cabeza con una mano que le temblaba por la furia—. ¡Quiérelos mucho desde lejos, Gretel, desde bien lejos!

—Lo que sufrí allá, Ana, en aquella sociedad de machos acomplejados y abusadores y mujeres sumisas, y lo que pueda sufrir acá, donde está la misma gente, con los mismos complejos o peores, con la misma hipocresía, no es lo que me importa, Ana. —Dos lagrimones le corrían por la cara—. Es...

—¿Qué es, Gretel? —La agarró con fuerza por los brazos—. ¡Conmigo no pueden!

—Tú no puedes hacer nada.

Gretel se abrió entonces como una catarata y Ana comprendió de pronto, de golpe, con tal fuerza que lo sintió como una patada en el bajo vientre, el horror que había sufrido Gretel, el no haber tenido durante años y años a nadie con quien sincerarse, con quien llorar, a quien gritarle, a quien pedirle ayuda, el no haber podido golpear paredes y romper la loza, el vivir fingiendo, todo, todo el tiempo en un medio donde todo, absolutamente todo, hasta la cabrona política, le era adverso.

Le relató sus carencias, sus terrores, le contó que había tenido algún que otro romance, más platónico que real, alguna mínima aventura, un roce de manos, una sonrisa, un rechazo hoy, un beso volado mañana, una palabra ambigua que la dejaba sin aliento, y así había ido viviendo hasta que conoció a una muchacha, una joven fabricante de muñecos de guiñol —una teatrera, como le decían los imbéciles que pululaban en aquel pueblo de pendejos y simuladores— que le llevaba a su hija —la niña que había tenido de una relación de aburrimiento con otro muchacho como ella mientras estaban recogiendo toronjas en una escuela en el campo donde reinaba el caos y el sexo por la libre— para que ella le repasara matemáticas.

—Fue un amor como el tuyo por Herman, Ana, ¡fue una locura!

Por primera vez en la vida había sido feliz, de verdad feliz, y entonces, justo entonces, liberaron a Máximo de la cárcel y hubo que recoger los matules en un día.

—No pude despedirme de ella, vino corriendo, desesperada, como una loca a verme, a llorar conmigo y se topó con que había cuatro o cinco policías y un par de vecinos delante, y nuestra madre también, Ana. —Le temblaba todo el cuerpo.

Le regalé una libreta con poemas de Neruda, de Kavafis, de Lorca y de no sé quién más —todo lo de algún valor material que podía haber en la casa era ahora propiedad del estado— y le supliqué que se fuera corriendo para que no se señalara.

—¿Puedes comprender la sensación de pérdida, el vacío que siento por dentro, Ana? —Se sonó la nariz para calmarse—. ¡Sí, claro que puedes, tú también has perdido a tu marido!

—No Gretel, Herman y yo nos amamos de verdad, eso se siente, pero ya no era lo mismo. —Se le nublaron los ojos—. No tienes idea de lo inteligente que fue ese americano, cuando todo comenzó a volverse una rutina, cuando la costumbre y el tedio empezó a matarnos, tuvo los huevos de arreglar sus cosas para dejarnos cómodos a todos, y se fue sin despedirse, o sí, algún día te daré algo para que lo leas, y sabrás, ya te contaré, lo que fue capaz de hacer ese loco.

—A nosotras dos, Ana, a mi teatrera y a mí la vida no nos dejó espacio para la rutina.

—¿Sabes de ella?

—Sí, algunas veces podemos hablar por teléfono. —Gretel era la viva imagen de la desesperanza—. Al principio fue muy difícil, pero ahora se hacen llamadas por terceros países y están comenzando a ir personas allá. —Meneó la cabeza—. Dicen que van a permitir viajes de una semana y cosas así.

—¿Ella no puede venir?

—Eso es muy difícil, imposible por ahora, y tiene una hija que es casi una adolescente. —Se restregó los ojos con los nudillos—. El padre tendría que dar el permiso para que la niña viajara y yo no sé si estaría dispuesto a hacerlo.

—¡Mierda!

—¿Comprendes por qué no quiero irme de Miami?

—¿Se puede hacer algo, con dinero, con algún conocido, con quien sea, lo que sea?

—No es un asunto de dinero ni de amistades, es de

tiempo, Ana, la vida se va, los años pasan.

En la salita de su coqueto apartamento situado en una calle lateral del Bradley Boulevard, muy cerca de Bethesda Row, la moderna y acogedora plaza donde iban caminando a comprar helados y pan fresco los fines de semana, Ana María colgó el teléfono después de conversar un rato con su hermana, tal y como hacían casi todas las noches.

A Gretel le iba bien, trabajaba duro, estudiaba, ganaba su dinero.

—¡Qué coño le va a ir bien si se está poniendo vieja y tiene el corazón hecho pedazos!

El puñetazo en la pared recorrió como una onda el resto de la casa.

Suyin dio un brinco en el sofá donde solía sentarse, derechita y muy callada, a ver los programas musicales de la tele.

Ana María no le hizo caso, se levantó, fue a la cocina y se preparó un Martini, un Martini seco y bien cargado, y caminó hasta el balcón.

Miró la luna, brillando entre las nubes pasajeras.

—¡Herman, americano loco de mi alma, si eres un *phi* con poderes, y yo s´´ que tú lo eres, coño Herman, haz algo por mi hermana!

Se tomó el Martini casi sin respirar, salvo un poquito que quedó en el fondo de la copa.

—¡Cruza el mar y hazlo, Herman, por mí, por lo que más tú quieras!

Volcó el poquito que quedaba del Martini sobre el parterre de flores vivas que adornaba un costado del balcón.

—¡Hazlo, por favor, hazlo por ella, y por mí! ¡*Fucking* americano, hazlo, por favor! ¡Hazlo, coño!

18

La Habana, 1980

La noticia, que explotó como una bomba de racimo, comenzó a extenderse por La Habana, por toda Cuba, por Miami, por el mundo, en una época en la que aparentemente no había ni un resquicio informativo en la isla, el control del estado era impenetrable, o así se aseguraba, toda la prensa, el radio y la televisión eran estatales, existía una sola empresa telefónica, del estado, claro, y estaba por inventarse *internet* y ni se soñaba con las redes sociales. ¿De haber existido en ese tiempo, se imaginan?

Pero el poder del boca a boca, radiobemba como lo expresan los cubanos, retó y superó inmediatamente a las medidas coercitivas, las prohibiciones, las delaciones y hasta a las leyes de la física.

El suceso sonaba muy extraño, verdaderamente insólito, pero sí, estaba ocurriendo un acontecimiento inesperado, y grande, tal y como andando el tiempo un comercial televisivo de algún producto marcaría, en cuatro palabras, la mente de la gente: «¡Algo grande está pasando!».

Un grupo de cubanos comunes y corrientes, desarmados, habían robado un ómnibus del servicio público, una guagua —el conductor de la misma era uno de ellos—, en un barrio relativamente apartado de la periferia de La Habana, y habían entrado, a la fuerza, derribando la cerca con el propio vehículo, en el edificio que ocupaba una embajada de un país latinoamericano, el Perú, y solicitado, él y todos los pasajeros, asilo político.

En un incidente poco claro, uno de los policías de vigilancia, perteneciente a la seguridad cubana, había muerto de un disparo en el evento. El gobierno aseguraba que había sido asesinado por los asilados, pero la voz de la calle se hacía eco de que había sido alcanzado por el fuego cruzado, y muy nutrido, de sus propios compañeros de la unidad de vigilancia diplomática.

El gobierno de Castro le había pedido al embajador que entregara inmediatamente a los refugiados, entre los que había algunas mujeres y adolescentes, y este se había negado, en una actitud inédita en un diplomático latinoamericano (supuestamente todos ellos, incluidos sus gobiernos, le tenían miedo a Castro), alegando que de ser devueltos a la policía corrían el riesgo, la certeza, más bien, de ser ejecutados sin el derecho a un juicio justo.

Castro, en un acceso de ira, había ordenado que se retiraran los guardias que custodiaban la legación y se permitiera el paso libre de público. La medida, sin precedentes en la política cubana, estaba provocando hacia el interior del edificio diplomático una avalancha de personas de todos los sexos, edades y pelajes..., ah, y de todas partes del territorio nacional.

—¡Ya aprenderá este imbécil a respetarme! —Se cuenta que dijo Castro en un acceso de incontenible rabia.

Y el «imbécil» aprendió lo que significa tener por compañía a miles y miles de personas, de pie, apretujadas unas con otras, sin poder moverse, sudando al sol, meando y cagando en el lugar, sin agua ni alimentos, algunos atrevidos hasta haciendo el amor, en el espacio, el breve espacio, de una casa de vivienda de dos plantas habilitada para una familia normal, dos garajes, dos o tres oficinas, un jardín y algunos empleados.

Desde hacía un par de años algunos exilados estaban yendo, desde Miami y algunas otras ciudades, a La Habana. Se exigían muchos requisitos y no todos los que lo solicitaban eran aceptados, pero esa apertura limitada había hecho evidente el contraste económico entre un grupo y el otro, a favor, por supuesto, de los del lado norteamericano. Exacerbando, además, el deseo de miles de cubanos de la isla por emigrar, por irse, no irse acostumbrando como decía el gracejo popular, sino irse, marcharse, volar, huir, salir echando un pie hacia el vecino del norte.

Y aquí estaba, a la vista del mundo, ahora sí, el resultado.

Ana María, que más o menos seguía las noticias internacionales, pero escuchó del inesperado incidente en su trabajo, llamó corriendo a Gretel por teléfono.

—¿Qué está pasando en Cuba, Gretel?, ¿qué has oído?

—Nadie lo sabe con exactitud, Ana María, pero todo parece indicar que algo grave, y excepcional, está pasando.

—¿Te has comunicado con tu amiga?

—Con ella no, las líneas telefónicas están abarrotadas, pero he podido hablar con alguna que otra persona conocida y todos piensan que esto puede hacer que el gobierno abra la mano, me refiero a las salidas, o quién sabe, que apriete más las tuercas.

—No seas tan pesimista, chica.

—Son muchos años, Ana, de tropezar con las mismas piedras.

—¿Qué piensas hacer, mi hermana?

—El año pasado intenté ir y me negaron la entrada, como tú sabes, quizás por ser hija de mi padre y hermana de mi hermano. —Se le cortó un poco la voz, pero se repuso enseguida— Nunca me explicaron la razón, pero estoy intentándolo de nuevo. —Respiró profundo—. Y tengo los dedos cruzados y me toco el ombligo a cada rato.

Ana sonrió:

—Mantenme al tanto, mi hermanita, que yo vivo en otro mundo, pero ya sabes que aquí estoy para ayudarte, en lo que sea, Gretel, en lo que sea necesario.

—Yo lo sé, Ana.

—En lo que necesites, Gretel, te lo repito, en lo que sea, no tienes más que decírmelo.

En menos de tres días más de diez mil personas habían penetrado en la embajada, ocupando incluso los techos (algunos se hirieron o mataron al caerse), los pocos cuartos de baño, los dormitorios, la sala de estar, la cocina, el *pantry*, la cisterna, la biblioteca, una pequeña cava de vinos —que, por supuesto, se bebieron—, no dejando ni un milímetro libre y metiendo de paso al gobierno en un embrollo con su propia gente, con su pueblo, con la prensa internacional, con los gobiernos amigos, con los norteamericanos, con los rusos, un enredo que para salirse de él iba a requerir mucha habilidad, toda la ya mitológica habilidad y suerte de Fidel Castro. Y Castro, como no, era un tipo marrullero, manipulador, extraordinariamente osado. Y taimado.

El análisis cínico, maquiavélico (político estratégico, le diría a sus allegados) era simple:

En primer lugar, los exiliados cubanos en Miami harían lo que fuera por sacar a sus familias de Cuba, y ellos podían mover dinero y recursos que buscarían debajo de las piedras, de eso no había la menor duda.

En segundo lugar, la gente se marcharía feliz, dejando todo: casas, autos, ropas, equipos eléctricos, la vajilla, los juguetes de los niños, todo, por detrás, liberando así al gobierno de la presión laboral, la carencia de viviendas, de transporte público y comida. En su momento habría que poner un límite, por supuesto, pero ya se vería cómo hacer eso sobre la marcha.

En tercer lugar, el costo político de su gobierno sería elevado, pero eso se podía paliar con el anuncio de que los desafectos en fuga eran lo peor de la vieja sociedad (los veintiún años transcurridos desde que desapareció aquella «vieja sociedad» se olvidarían pronto) y Carter, el manisero Jimmy Carter, el presidente norteamericano, era un pobre tonto que rezaba a su dios todo el tiempo y peroraba sobre esa idiotez de los derechos humanos, y para decirlo en cubano: un perfecto comemierda.

El secreto estaba en que fueran los cubanos de Miami los que presionaran a los norteamericanos.

Cuba los dejaba ir, ¿pero los aceptarían los gringos?

—¿Aceptan recibirlos? Sí.

—Pues adelante entonces.

Se habilitaría un puerto para que la gente de Miami viniera a buscar, con sus propios medios, por supuesto, a los que quisieran irse. Ah, y esto no se haría público, pero se aprovecharía para enviarle a los americanos unos cuántos miles de presos comunes, asesinos, pederastas, violadores, ladrones, carteristas y otro montón de locos, de los más jodidos de la cabeza, de los más peligrosos, sacados de los manicomios.

Los norteamericanos se iban a enterar de lo malos que podían ser las escorias que el capitalismo y la burguesía habían creado antes de la Revolución, sin importar, claro, que muchos de ellos ni tan siquiera habían nacido en esa época.

Pero esto no era un tema a discutir.

—¡Qué les aproveche a los gringos! —dijo Castro.

¡Qué se vaya la escoria! ¡Qué se vayan!

Había un solo problema, un pequeño inconveniente, que en el edificio de la embajada ya no cabía ni un alfiler y el público seguía llegando a torrentes.

—Pues que los que se quieran ir se inscriban en sus barrios.

—¿Así, sin más, Comandante?

—No, que paguen el precio del repudio de los ciudanos honestos.

—Muy bien, primero el repudio, y después que se

vayan.

Primero los huevos culecos contra las puertas y paredes, los coros ofensivos, los golpes, los escupitajos, el ruido infernal para que no puedan descansar ni dormir, destruirles los muebles y las ropas de cama, desnudarlos en la calle, ofenderlos, humillarlos, ensuciarlos en mierda, mearlos, marcar las casas con pintura, violarlos.

—Eso último no, que es un delito.

—Es cierto, Comandante, ¿por qué no emplumarlos?

—No, eso no, que eso se lo hacían los del Ku Klux Klan a los negros, y nosotros no somos iguales a esos hijo'eputas gringos.

—Es verdad, ¿y matarlos?

—No, chico, ¿tú eres bobo o qué? Que se conviertan en una carga pesada para los americanos, para los políticos de allá, ¡qué se vayan!

—¡Entonces, que se vayan!

—Sí, que se vayan, que se vaya la escoria.

—¡Qué se vayan!

19

Puerto de El Mariel, 1980

Ana María volvió a tener noticias de Gretel cuando esta llevaba varios días hospedada en un motelito de Key West —Cayo Hueso, como bautizaron los cubanos a este islote ubicado en el extremo más al sur de La Florida, en tiempos de las guerras de independencia contra España—, primero estaba reconociendo el terreno, atestado de personas nerviosas y desesperadas, un sitio alterado, perturbado por el vocerío de los marinos que ofrecían sus embarcaciones. Luego, negociando con un lanchero cubanoamericano, por lo visto muy conocido en ese mundo, al que todos por allá llamaban Papito.

Papito era uno de esos cubanos que habían salido huyendo de la isla, de Castro más bien, y venido a los Estados Unidos muy jóvenes, adolescentes hechos hombres a la carrera, en los inicios de la década del sesenta, y carentes de recursos económicos. Con una mano delante y la otra detrás llegaron, aprendieron el inglés de la calle y, lo más importante, desarrollaron su inventiva y su innata habilidad para hacer dinero a cómo fuera, literalmente a cómo fuera. Aunque Papito tenía un *plus*, se había enrolado en el Ejército y había hecho una ronda, del 68 al 70, en una de las etapas más duras y sangrientas de la Guerra de Vietnam. En esa contienda se había ganado un corazón púrpura por una herida de bala en una nalga —no fue corriendo, le aclaraba a sus amigotes— y una baja honrosa y con menciones muy favorables en su expediente.

El barco de Papito, un viejo yate Bertram de unos

cuarentaicinco pies de eslora, había sido adquirido entre tres socios, dos cubanos y un colombiano, pensando en el gran negocio que se vislumbraba, es más, que ya estaba haciendo ricos a los más lúcidos y arriesgados: el tráfico de mariguana desde Colombia o la algo más cercana Panamá. Pero ahora, de pronto, surgía esto de traer gente desde el puerto del Mariel, en la costa norte de Cuba, hasta Key West, y los familiares de los migrantes pagaban al contado, *cash*. Ah, y se hacía patria, todo muy rápido, mientras durara, que con Castro nunca se podía contar con el futuro más allá de 24 horas.

El tal Papito era un tipo simpático, enérgico, atractivo, jodedor y abierto. No era atrevido con las mujeres, para nada, y aunque sabía de sobra que gustaba, Papito se consideraba un perfecto caballero. Pero aquella señorita, o señora, pues había cumplido sus añitos, negociaba sus asuntos sola, sin marido ni hombre que la acompañara, y aunque un poco huraña, bastante original tenía sus atractivos. *Single and original woman*, según el negro jamaicano, fan absoluto y buen guitarrista de *reggae*, que le abastecía la embarcación de vituallas y combustible a Papito. Alta, fuerte, pelinegra, de naricita respingona, boca grande y bien formada, derechita de espaldas y de manos y tetas grandes, ¡y duras, *brother*, duras como el mármol!, ¡y qué nalgas, señor, como para sobárselas y darle de azotes! Una deportista o una camionera, vaya usted a saber. Pero vamos al negocio. El trato era simple.

Los familiares en Estados Unidos pagaban 5000 dólares por cada persona que trajeran en el barco, dos mil quinientos antes de la salida y la otra mitad a la vuelta. Si el pariente no venía —se sabía que el gobierno cubano no dejaba salir a todo el mundo—, se perdía el dinero depositado.

Las gestiones migratorias corrían por los posibles

pasajeros en Cuba y los íntimos en Miami, y el lanchero, Papito en este caso, pero había cientos al acecho, se limitaba a transportarlos a través del Estrecho. Si alguien de Miami quería ir en el barco, tanto en la ida como a la vuelta, debía abonar sus cinco mil «dolores», pues ocupaba espacio.

Y Gretel debía, tenía que ir en el barco, pues sus gestiones para obtener un pasaporte cubano y una visa de entrada —¡a su propio país, carajo!— seguían demorándose.

Máximo, al que le interesaba bastante poco lo que pasaba en Cuba —oía las noticias y los comentarios en el radio y opinaba, a veces, entre algunos conocidos y clientes, pero nada más— ganaba buen dinero en la lavandería que había puesto en Hialeah junto a su mujer nicaragüense (la idea había sido de ella), con la que tenía dos hijos y con los dos de ella eran cuatro, y trabajaban, ¡por Dios que trabajaban!, sin descanso, lo que le permitía ayudar a todos en las dos familias, en la suya, y, sobre todo, en la de su esposa, que las estaban pasando moradas en la nueva Nicaragua sandinista.

Máximo era un tipo conservador, austero, reminiscencias de la cárcel, decía, pero dando una mano siempre al que la necesitaba.

—Gretel, aquí tienes mil dólares, no es un préstamo, es un regalo. —Abrazó con cariño a su hermana—. No me importa lo que vas a hacer a aquel lugar, pero ten mucho cuidado. —Deferente y cuidadoso en el hablar, no le mencionó al finado Rubino y a él mismo y sus nefastas experiencias—. Y ten cuidado también con lo que traigas para acá.

La nicaragüense, toda una adquisición familiar, interrumpió:

—Tu hermana sabe lo que hace, Máximo, no le impongas condiciones, pues.

—No, no le impongo ninguna condición, que Dios me perdone si lo hago, la quiero demasiado y le debo demasiado para eso, pero la aconsejo con todo el corazón. —La volvió a apretar entre sus brazos—. Es demasiado noble, mi hermanita, excesivamente desinteresada.

Ana Donremí no preguntó, prefería no saber, ni tampoco opuso resistencia.

—Mira a ver si puedes traer los restos de tu padre.

Le hizo un amago de gesto cariñoso.

—Si me dejaran sacarlos de ese hueco y traerlos para acá, hasta yo iría a ese maldito lugar. —Metió en un bolsillo de la holgada blusa de Gretel un sobrecito—. No soy rica, tú lo sabes, pero aquí tienes algo para el viaje.

Ana María le envió cinco mil dólares y el resto Gretel lo sacó de sus ahorros.

¿El pretexto de Gretel para esa loca travesía? En verdad no ideó ninguno, que cada cual pensara lo que quisiera. Solo le mintió a su madre y a su hermano en la cifra real de dinero que necesitaba, y le pidió a Ana María, eso ni hacía falta, que no contara a nadie lo que le había dado.

—Es como un viaje a la guerra para hacer un reportaje periodístico, mi hermana, voy a ver aquello y nada más.

—¡Que Dios te acompañe, Gretel, tú sabes lo que haces!

Ana María no estaba tan segura de que Gretel supiera lo que hacía, se la comían las dudas, pero no iba a interferir nunca, nunca, después de haberla abandonado por años y años, lo que le pesaba en el alma como una bala de cañón.

Papito y ella, sin más tripulación, se lanzaron a la aventura. Él se jactaba de sus habilidades como navegante y parece ser que no andaba descaminado, —Si esquivaba, y muy bien, los plomos del Viet Cong como lanchero del Ejército en el delta del Mekong, ¿cómo coño no voy a navegar yo solo este barquito de mierda?

Partieron en una madrugada oscura y con un mar

bastante grueso, sin llegar a ser de leva, pero muy movido para el que no estuviera acostumbrado.

A pesar de las olas, del viento afilado y del flujo hacia el este, en dirección contraria a ellos, de la Corriente del Golfo, la vieja amiga y compañera del excéntrico y borracho Hemingway, el cruce del Estrecho avanzó con buen pie.

Al amanecer, lejos ya de la costa de salida y mucho más cerca de la de arribada, Papito le dio a Gretel, mareada y media zonza por el pesado sueño de una noche sin pegar un ojo, una taza de café cargado y un beso suave y húmedo en la nuca, levantándole la melena, no muy larga, con su cálida y callosa mano de hombre hecho a los avatares de la vida.

Gretel dio un respingo, se tomó un trago del café, se quemó la lengua, se despertó del todo, puso la taza en el soporte del compás, se puso de pie como un rayo, agarró con las dos manos el hacha de cabo rojo que se guardaba en un armario de la cabina y se plantó delante de un Papito cogido fuera de balance, perplejo.

—¡Si me vuelves a tocar, te parto el cráneo en dos y te tiro al agua!

—¡Joder, tú no estás bien de la sesera, niña!

—¡Estoy mejor de lo que te imaginas, comemierda!

—¡Te di un beso de cariño para despertarte, coño, no de hombre a hembra!

—¡Y yo te doy un hachazo de hombre a hombre si me vuelves a tocar, cabrón!

Aquel encuentro, tomando un giro inesperado, selló para siempre la amistad de Papito y Gretel, dos guerreros de distintas guerras. No habría sexo, Papito no era tonto y conocía sus límites. Gretel, acostumbrada al machismo barato y a la burla, podía reconocer al hombre que probaba fuerzas, pero no forzaba.

—¡Entierra el hacha, niña, como los indios americanos, solo quise darte un poco de calor de amigo para aliviar tus soledades!

—Lo guardo, pero cerca de mí. —Le sonrió—. Me gustas como amigo, Papito, pero no te sobrepases ni un milímetro. ¿Queda claro eso?

—Hecho.

—Hecho.

Se estrecharon las manos.

—Ayúdame a sacar de ese infierno a mi amiga.

—Te ayudo, pero ayúdame tú a meter en cintura al rebaño de animales salvajes que nos van a obligar a traer en el barco. —Le señaló la popa—. Esos cabrones —Le indicó con el dedo índice la todavía invisible pero ya cercana costa de la isla—, están metiendo en las lanchas mucha más gente que las que caben y dicen que algunas de esas gentes son locos y bandoleros.

—Lo escuché decir en el Cayo. —Devolvió pausadamente el hacha a su lugar—. Claro que te ayudo, Papito, cuenta conmigo, por algo soy tu tripulante.

—Después de verte con ese hierro en las manos, no lo dudo, mi niña, ¡cómo que me llamo Papito, no lo dudo!

Estuvieron once días anclados, quedándose al pairo en el centro de la bahía del Mariel, rodeados de centenares de botes de motor, yates, barcos camaroneros, remolcadores, chalanas y cuanta cosa podía cruzar el Estrecho en ambas direcciones. Algunas naves, unas diez, zozobraron en la travesía de regreso y aún hoy se desconoce la cifra de los que perecieron ahogados y nunca fueron encontrados, pero eso pertenece a la Historia.

A Gretel no le permitieron ir a tierra, aunque unos funcionarios de inmigración cubanos se entrevistaron con ella en la embarcación —iban de un barco a otro en una lancha motora de la marina de guerra cubana— y recogieron todos los datos necesarios de las dos personas que ella venía a buscar. Le aclararon que las susodichas personas debían estar de acuerdo en abandonar el país y que si había menores de edad incluidos, ambos progenitores debían autorizar la partida.

En la décima jornada de espera, trajeron a la muchacha y a su hija. Ya había más de cincuenta personas en el yate cuando arribaron, pero la muchacha y su hija venían con un acompañante, el padre de la niña, un fulano común y corriente, simple, el típico desarraigado del sistema, vulgar y poco educado.

Fue como un balde de agua helada para Gretel, no por la presencia del hombre, que era previsible para lograr el permiso de salida de la menor, en definitiva, ya una adolescente, sino por un desencanto brusco y sorpresivo, algo que no podía explicar.

La vio superficial, anodina, hasta tonta, cubriendo la forma con el marido y con ella, con los dos al mismo tiempo, alegándole en voz baja que con la niña delante no podía expresarse y que no era conveniente que aquello, la breve relación que tuvieron una vez, se hiciera pública entre tanta gente. O había cambiado mucho o ella, Gretel, la había idealizado en la distancia, ¿o es que el tiempo, ese asesino, había pasado como un rolo de acero sobre ellas?

Gretel los acomodó, a la mujer, a la niña y al marido —el tipo se manifestaba muy expresivamente feliz por haber llegado hasta allí, aunque se tragaba la lengua cuando aparecían los de la inmigración cubana— en un lugarcito seco y algo más protegido, le dijo unas cuantas frases de ánimo a ella, luego de un desangelado roce de manos, y se puso, con ahínco y entrega a ayudar a Papito a ordenar y mantener bajo control aquel caos, como si fuera un tripulante con la experiencia de toda una vida marinera.

La travesía de regreso fue difícil.

Papito, una vez lejos de las lanchas militares cubanas, sacó de algún lugar oculto un fusil AR-15, le dijo a Gretel que el hacha era un artefacto inútil entre tanta gente y le puso en la mano una pistola Glock negra, lustrosa, nueva, impresionante,

—Con esto me puedes matar con más limpieza que con el hacha, Gretel, pero no te lo aconsejo, por lo menos mientras dure el regreso del infierno.

Con aquellos hierros de miedo en las manos y con la ayuda de dos o tres refugiados que se ofrecieron a dar una mano —por años continuaron el contacto en Miami con un muchachón, un tipo decente y organizado, estudiante de algo relacionado con la medicina, y ahora un comerciante adinerado, que les dijo apodarse Yiyo, quizás un precursor de la posterior epidemia de nombres con Y como Yoani, Yoandri, Yuriorkis, Yurisleydis, Yusnavy, Yuselen y decenas más que asoló el santoral cubano en los años por venir— mantuvieron el orden entre las 134 personas que se apretujaban en las cabinas y las calas, entre ellos varios esquizofrénicos sin tratamiento —un guardia cubano se los advirtió en voz baja— y tres o cuatro asesinos declarados a los que les quitaron las esposas justo al momento de empujarlos hacia el barco.

Tanto Papito como Gretel tuvieron que disparar al aire en varias ocasiones para evitar que aquellos individuos violaran mujeres o se mataran entre ellos en riñas y discusiones —trataron incluso de beberse el combustible del barco a falta de algo mejor que echarse al gaznate—, pero la sangre, por suerte, no llegó a correr en grande y no fue necesario lanzar a nadie al mar. Aunque Papito estuvo a punto de hacerlo con un tipo todo tatuado, carne de presidio, que estuvo muy cerca de volverse incontrolable y que llegó a enseñarle el pene a Gretel y a las demás mujeres a bordo.

Papito le apuntó el AR-15 a los huevos del hombre, un orate o yonqui de clavo pasado, lo montó y disparó haciendo un movimiento lateral, una ráfaga corta sobre la borda, y con un aplomo de hielo (aparente, según Gretel, y muy real, según él) le dijo en voz baja, pero resonante por el silencio que se hizo en el barco:

—¡Empiezo por la pinga, para que te duela, y termino en la cabeza, y después te echamos a los tiburones, para que se alimenten con tu carroña, desgraciado, si es que tienen tan duras las tripas como para digerir tu pellejo!

El hombre, como si lo hubieran sedado los enfermeros del manicomio, pasó el resto del viaje en un rincón y se cuidó mucho de mear para que no hubiera malos entendidos con el loco, ¡ese sí estaba loco!, de la ametralladora y la putica de la pistola.

Papito, además, perdió los cinco mil dólares de Gretel, pues se negó en redondo a cobrarlos.

—Cóbrame tú entonces tu trabajo de marinero, tripulante, timonel, radiotelegrafista, copiloto, despertadora, cocinera, policía, recogemierda, loquera y todo lo demás.

—Eres un idiota, Papito.

—Soy tu amigo, niña, no seas estúpida.

—No me insultes o te doy un tiro en la barriga y te tiro al agua.

—Yo no te he enseñado mis partes para que me hagas eso.

—¡Ja, ya sabía yo, te has acomplejado con el tamaño de la cosa del tipo ese!

—Ah, sí, hazlo entonces, pégame el tiro en la barriga y así aprenderás tú solita y a las malas a llevar esta cáscara flotante a puerto y dominar a ese ejército de tarados que lleva encima.

—*Okey*, ganaste, pero pórtate bien.

Papito, perspicaz, supo desde el principio lo que había pasado, pero tuvo la sutileza de no hacer ni un comentario.

Y así, a bandazos, gritos, sustos, mareos, cagaleras, vómitos, insultos, tiros al aire, puñetazos, tronadas, aguaceros, hambre, sed, ansiedad, arribaron a puerto.

—No creí que fuéramos a llegar vivos —dijo Papito resoplando de alivio.

—¡Yo te traje de regreso, Papito, yo te traje!

Él le sonrió con sus dientes blancos:

—Sí, mi niña, es verdad, tú solita me trajiste.

—¿Lo reconoces?

—Sí, lo reconozco, yo he venido paseando, vagando en los celajes, y hasta estuve de compras en las tiendas de lujo de La Habana.

Ella le dio un beso, de hermana, en la mejilla.

A media tarde, con el sol bajando, atracaron.

Exhaustos, pero aliviados, y se diría que hasta felices.

20

KEY WEST, 1980

Fondeados junto a un abarrotado espigón en el atracadero de Key West y finalizado el farragoso proceso por el cual el servicio de inmigración norteamericano se hizo cargo de los 134 refugiados que no se explicaban ahora cómo habían sido capaces de traer ellos solitos desde Cuba. En el grupo, por supuesto, estaban incluidos la amiga de Gretel, la hija que era una mulatica clara flaca y esmirriada, y el marido, un tipo ordinario, un patán que había expresado su contentura cagándose en la madre, a voces y aspavientos, de los que se habían quedado en la isla, festejo que duró hasta el momento en que dos soldados norteamericanos —había decenas allí para imponer el orden— lo hicieron callar con muy mala cara y gestos inequívocos de desagrado que incluyeron una patada en el culo, con la puntera metálica de una bota de marine, que tiró al individuo de boca sobre la tablazón del muelle.

Papito y Gretel se enfrentaron de pronto, antes no había tiempo para eso, a la apabullante suciedad y los destrozos que había que limpiar y reparar en el barco y hasta en ellos mismos.

El atroz cansancio de días y días sin reposo, sin dormir, descabezando siestas de diez minutos y por separado, para que uno de los dos se mantuviera con los ojos bien abiertos, sin un instante de sosiego, pendientes al tiempo, las turbonadas del verano caribeño, a las marejadas, al nivel del combustible en los tanques, a la obscuridad, y lo peor, a los funcionarios cubanos que pugnaban por meter más y más gente en el atestado barco y después a la panda de salvajes que aterrorizaban al resto, la gran mayoría de los pasajeros, y a ellos mismos, a despecho del AR-15, de la Glock y de los cojones de ambos, que aunque flaquearan a veces había que ponerlos por delante, para mantener el orden y evitar terminar en el fondo del estrecho de La Florida o en una cárcel en cualquiera de los dos lados del canal.

—¡Lo logramos, Gretel, hechos polvo, leña, pero lo logramos!

—¿No estaremos soñando, Papito?

La amiga, ahora más bien una conocida, de Gretel, halando por un brazo a su estúpido y ahora asustado marido, le había gritado que la llamaría, si le era posible, pues no tenía ni idea de adonde los llevaban, en cuanto pudiera, para poder verse y hablar.

—Necesitamos tu ayuda, Gretel, no nos abandones. —Agarró con la otra mano a la niña para que no se le perdiera entre el gentío—. Ya te lo explicaré todo con más tiempo.

—No te preocupes, mijita, que yo espero tu llamada.

Papito nunca le había visto a Gretel, en las tres semanas que habían pasado juntos, poner una cara tan inexpresiva, tan vacía, tan distante de todo, como la de alguien que hubiera alcanzado el Tao (eso lo aprendió en el delta del Mekong de un sargento survietnamita moribundo y con una tiradora de cartas en Saigón), pero sabiamente se tragó la lengua y no hizo comentarios alusivos al escabroso tema.

Amarraron las maromas para fijar el barco al muelle, metieron en sus escondites de las escuadras de pantoque las armas y se aseguraron de que estaban fuera del alcance de cualquier extraño, cortaron la energía de los acumuladores, cerraron las escotillas, las que se podían cerrar y no estaban desgonzadas, desatascaron la sentina, trincaron la rueda del timón, apagaron el radar y se miraron como dos corredores que hubieran terminado, y ganado, un maratón completo.

El la ayudó a saltar al espigón y la siguió con bastante agilidad.

—¡Llevo veinte días sin poner los pies en tierra firme, Papito, todo me da vueltas!

—Estoy en las mismas, Gretel.

—¡Me caigo de cansancio, coño, ahora es que me doy cuenta!

—Y yo no puedo más, Gretel, y nos falta limpiar las toneladas de mierda que tiene adentro la lancha a punta de manguera, quitarle los malos olores, vaya, la peste a vómito y a grajo, revisar los destrozos, volver a poner a punto los motores y luego llevarla hasta Miami, y entonces terminar de cobrar lo que nos de...

—Cállate ya, Papito, que me desmayo nada más de oírte. —Dio dos traspiés seguidos entre las tablas y él la aguantó con las dos manos—. Yo también te debo dinero.

—Ahora trabajas en mi barco y para mí, así que estamos a la mano, mi niña. —La ayudó a llegar hasta unos escalones de madera, cuatro o cinco, que llevaban a un cafébar al aire libre—. Te invito a una cervecita fríaaaa, niña, ¿sabes lo que es eso?

—¡La sed y el hambre se me fueron hace tiempo, Papito! Tengo el estómago destruido de comer comida enlatada, tomar agua salobre y porquerías. La ayudó a poner las nalgas con cuidado en el último peldaño, trajo dos cervezas de la barra y se sentó a su lado, bien cerca, pero sin exagerar.

Chocaron las botellas con desgana.

—¡Estamos descojonados, pero somos ricos, Gretel, entramos en plata!, ¿te das cuenta? —Tú eres el millonario, yo no, y además te debo dinero.

—No jodas más con eso, Gretel. —Le dio un trago largo a la botella—. Eres brava, no pensé que pudieras lidiar con esas bestias como tú lo hiciste. —Se arrimó un poquito—. Mi mejor aventura ha sido el haberte conocido, y no te engaño, he tenido muy buenas andanzas por el mundo.

—No exageres, Papito, me dices eso porque en el fondo te quedaste con las ganas de acostarte conmigo.

—Me sobra imaginación, y manos, niña.

—Eres un depravado, Papito, un degenerado.

—Es posible, y tú eres linda.

Ella puso la botella en el piso de tablones, se dobló sobre los muslos de él, se acurrucó entre sus piernas y se echó a llorar, con sollozos, con jipidos, como hacía mucho tiempo no lo hacía.

Él le metió los dedos en el pelo negro.

—¿Qué te pasa, mi niña?

—Lo sabes muy bien, Papito, tú no eres estúpido. —Se fue calmando poco a poco—. ¡Hice todo esto para nada!

El la besó en la nuca con una ternura suave, rica.

—Le pedí dinero a mi familia, me burlé de sus consejos, los engañé, me engañé yo misma, como una retrasada mental, ¡qué es lo que siempre he sido!

—Todo pasa, mi niña, en el delta, tirado en un manglar, hubo una noche en que estaba seguro de que no amanecía, hasta los Viet Cong me pasaban por arriba y me pisaban con sus sandalias de goma. —Se pasó una mano sucia por la frente—. Uno de esos chinos de mierda se paró encima de mí y me meó la espalda, y mira, aquí estoy, entero.

—¡No me jodas más con el delta ese, Papito!

—¡Déjame poner una, niña!

—¡Y no me llames más niña, carajo, que tengo treintaicuatro años sobre el lomo!

—¡Para mí eres una niña!

Ella metió la cara más profundamente entre las piernas de él, quizás para secarse las lágrimas, o para

160

esconderse del mundo, ocultarse de la vista de los seres humanos, huir.

—No sé, Papito, la cabeza me da vueltas. —Se sorbió los mocos—. Ahora solo quiero dormir, olvidarlo todo, dejarme ir. —Le rodeó los muslos con el otro brazo.

—Estás cansada, molida, eso es todo.

La volvió a besar en la coronilla.

—Quiero dormir... Papito, olvidarlo todo y dormir... pero contigo.

Él le acarició la melena que le había crecido en las tres semanas de batalla. Suave, muy suave, con paciencia infinita; después la ayudó a levantarse, la sostuvo, caminaron despacio, muy juntos, dos o tres cuadras, hasta encontrar un pequeño motel de bastante buen aspecto (faltaba algún tiempo para los modernos cuatro y cinco estrellas que existen hoy en el Cayo), entraron y él pagó con *cash* contante y sonante —eran tiempos en que nadie hacía preguntas— por una habitación.

—¡La mejor que tengas, *brother*! —al gringuito de la carpeta y se fueron, los dos, muy juntos, apretados, paso a paso, escaleras arriba.

La habitación era pequeña pero pasable, y, sobre todo, tenía una buena ducha y agua caliente, bien caliente.

La desvistió con un cuidado exquisito, le quitó los tenis deportivos y las gruesas medias con tufo a sudor seco, la sucia camiseta que había sido blanca hacía eones, los *jeans* astrosos, el sostén rosado que no necesitaba, el pantaloncito, lo olió con picardía y olía a yerbas o algo parecido, la metió en la bañera, casi la levantó en peso, dejó que el agua caliente corriera por todo el cuerpo de ella, ¡qué cuerpo, señor!, y la enjabonó como a una niña, cabeza, axilas, espalda, nalgas, todo. La lavó un buen rato con agua tibia, la envolvió en una enorme toalla de playa, la friccionó un poco para secarla y darle calor, y la llevó, despacio, hasta la cama.

Él estaba sucio, empapado y feliz.

Se desvistió volando y tiró toda la empercudida ropa en un rincón, junto a la de ella.

—Vuelve Papito. —Estaba bocabajo, laxa y casi dormida.

Papito se metió en la ducha y se enjabonó hasta sacarse brillo. No podía creer en la cantidad de mugre que tenía encima ni tampoco en lo que le esperaba en la cama. Se secó rápido, con energía, pero sin demostrar apresuramientos ni ansiedad. Ya había oscurecido.

La miró por un minuto, envuelta a medias en la toalla y respirando tranquila. ¡Dios mío, tenía treinta y cuatro años y parecía de veinte! Se metió en la cama, despacio, conteniendo el aliento, sin encender la luz.

—Ven. —Ella lo atrajo con un brazo hacia sí.

Él la besó en la espalda, en los hombros, la viró poco a poco, la besó con cuidado en los pechos erectos, rozándolos con los labios como si fueran pétalos de rosa.

—Hazlo despacio, Papito, no es lo mío. —hablaba en susurros, al oído.

Se escuchaba música en la calle, salsa neoyorquina, música disco, los Bee Gees, los Abba, risas, y voces, gentío, los Boney M, alegría de borrachos y turistas que veían, comentaban y fotografiaban aquella invasión de cubanos desastrados, ojerosos, macilentos, ateridos por la humedad y el frío, hambrientos, mareados, asustados como conejos ante lo desconocido, lo inexplorado, ante un país ansiado, anhelado por años, pero al mismo tiempo extraño y pavoroso.

Una aventura para los habitantes habituales del Cayo y los turistas de paso que se había convertido, de pronto, en única, inédita, increíble y verdaderamente histórica.

—Es mejor que duermas, mi niña. —Intentó taparle los oídos con sus manos.

—No, apriétame. —Se le pegó con una fuerza extraña, con un afán desconocido.

Él la besó en la cara y ella le devolvió el beso en la

boca, con lengua.

¡Era sabia la cabrona!, pensó Papito.

—Despacio, Papito, suavecito, no soy virgen, pero soy señorita.

—Como tú lo quieras, mi niña.

La fue penetrando con cuidado, con temor, poco a poco, de a poquito, en cámara lenta. Era estrechita pero húmeda, no recordaba haber estado con una señorita y no reconocía mucha diferencia, pero era rica.

La besó en el cuello.

—Eres bueno, Papito. —Suspiró.

Él pensó en los muertos del delta, en el sonido de las balas pegando en el blindaje de la lancha, en las películas de Dean Martin, en los últimos modelos de automóviles, en... ¡Todavía no, coño, no...!

No pudo más, menos de un minuto, ¡mierda!, y la colmó con el ansia de las tres semanas, un ansia contenida que explotó sin medida.

Ella lo apretó, lo apretó muy fuerte, suspiró, lo besó en la oreja y se quedó dormida.

«Habrá otra vez, seamos optimistas», pensó y se salió despacito. La acomodó.

La abrigó con su cuerpo, comenzó a acariciarle un costado...

Y el también cayó rendido.

En unas horas amanecería.

21

Miami, 1981

En los meses siguientes: julio, agosto y septiembre del 80, Gretel y Papito repitieron la aventura dos veces más, ahora con más experiencia, mucha más seguridad en sus habilidades y un mejor equipamiento, además de ciertos cambios en el barco como poner una gruesa red que les permitía aislarse en la zona del timón y algunos drenajes extra cercanos a los baos para poder dar manguera a la mierda y a la gente si fuera necesario. Ah, y una escopeta de cartuchos, un *shotgun* de miedo, como un seguro de vida para casos extremos, ¡ni qué Dios lo quiera!

En el primer viaje trajeron 110 cubanos y en el segundo solo 85. Se hacía evidente que aquello no podía continuar. El escándalo internacional era descomunal ante la avalancha de delincuentes comunes y pacientes psiquiátricos carentes de todo tratamiento médico y control que se mezclaban con la gran masa de cubanos trabajadores —los millonarios y burgueses habían desaparecido hacía mucho tiempo del escenario isleño y era harto difícil invocarlos ahora— comunes y corrientes que seguían pugnando por venir a los Estados Unidos. Y el gobierno de Carter ya comenzaba a dar señales importantes de disgusto y, lo peor, una seria desaprobación en las encuestas de opinión pública. Dicen los que saben de esas cosas que políticos como el gobernador de Arkansas, Bill Clinton, y el propio Carter perdieron poco después sus elecciones por culpa de todo aquello. Y, de hecho, un mes después, a finales de octubre, el gobierno cubano cortó abruptamente las salidas y cerró el puerto del Mariel a la abigarrada flota de cáscaras flotantes, como les llamaba Papito, que hacían de lanzaderas entre Key West y la costa norte de Pinar del Río, donde se encontraba ubicado el puerto del Mariel.

Papito y Gretel habían ganado dinero suficiente —a despecho de lo que quedaba por cobrar, o incobrable, más la altísima cifra de refugiados que no pagaban un centavo y que el gobierno cubano les metía a empujones en el yate— para liquidarles su parte a los socios de Papito, quedarse con el barco ellos solos y guardar «pan para mayo» como decía Gretel, recordando los viejos dichos campesinos de su tierra originaria. Pero había otra razón para parar de una vez aquellos viajes de locos.

Al regresar de la segunda travesía Gretel sentó a Papito en los mismos escalones del viejo espigón del principio, trajo esta vez ella las cervezas, y mirándole a los ojos le dijo:

—Papito, acabas de perder a un tripulante, a tu único tripulante.

—Eh, ¿te apendejaste? —¿Sabes por qué he venido vomitando todo el camino de regreso, comemierda?

—¡No puede ser!

—¡Ah, no, ni que tú fueras estéril y yo no tuviera con qué! —Lo agarró, fingiendo estar furiosa, con dos dedos por la barbilla—. ¿Tú ya no tienes dos o tres hijos por ahí, señor Papito? —Se rio bajito—. ¡Hasta debe haber cinco o seis chinitos, si no más, hijos tuyos en el delta ese de Vietnam que te pasas la vida mencionando!

Para Gretel no pasó inadvertido, y sintió un vuelco en el corazón al constatarlo, que los ojos de Papito estaban húmedos.

—¡Debí haberme dado cuenta, coño, soy un bestia, te he puesto a ti y al niño en peli... ¡

—¡Para, para, detente Papito, que tú no me has obligado a hacer nada! —Le haló con cariño, pero firmemente, el lóbulo de una oreja—. Todo lo que hago, y lo que haré con mi vida, lo decido y lo decidiré yo, siempre, ¿está claro eso, Papito?

—¡Tú estás muy mal de la cabeza, Gretel! —Ella, sonriente, le limpió las lágrimas que le rodaban por la cara con una servilleta.

—Puede ser, puede ser, pero lo tomas o lo dejas.

En realidad, Papito y Gretel no funcionaban como una pareja estable. Nunca habían mencionado, ni de broma, la palabra amor. Gretel sentía un cariño profundo, tierno, por Papito, al que le reconocía en su fuero interno una belleza, por fuera y por dentro, que no había encontrado nunca en otra persona, pero no lo deseaba con el fuego con el que su hermana, evidentemente, había deseado a Herman muchos años atrás, o ella misma había deseado a la teatrera. De la que, por cierto, sabía que había sido recogida, junto con la niña, por una hermana de la que nunca le había hablado, y el anormal de su marido estaba recluido en Fort Chaffee, una prisión y centro de reubicación del gobierno federal norteamericano en el estado de Arkansas.

Papito y Gretel hacían el amor a veces, de vez en cuando, de una forma tranquila y agradable, como dos amigos sabios que entendían las necesidades de la otra parte: él la besaba, la acariciaba, la lamía en los lugares que ella le iba indicando sin palabras y, al mismo tiempo, le decía cosas tiernas al oído, y no tan tiernas, que ella no era una santa de iglesia, y que la excitaban. Mientras, ella misma se masturbaba hasta el orgasmo, para después dejarse penetrar. Y Gretel lo disfrutaba por lo amable y cuidadoso, hasta que él lograba una satisfacción bastante plena, o ella lo masturbaba a él mientras le contaba, muy bajito, cosas depravadas, puercas, ¡bárbaras, como le decía él!, que podían suceder entre mujeres y que encendían a Papito hasta el paroxismo.

—Papito, no solo te he dado mi virginidad, coño, sino

que ahora también te voy a dar un hijo. —Lo abrazó con una ternura que otra vez lo hizo llorar de la emoción.

—Me dijiste que no eras virgen, sino tan solo señorita. —Le dijo aguantando los sollozos.

—Yo no me acuerdo de eso, Papito, ¿tú no estarías soñando?

—¡La vida es del carajo, Gretel!

La apretó fuerte con los dos brazos rodeándole la espalda y le habló al oído:

—Sé que me quieres mucho, pero también sé que no estás enamorada de mí. —Ella no pudo ver los dos lagrimones que le corrían a él por las mejillas, pero los sintió en el alma—. No te digo que te quiero, que te amo como a nadie he amado nunca, porque tengo un orgullo de macho que me lo prohíbe, pero te juro que mientras tú quieras, estoy en esta jodida tierra nada más que para ti, y ahora para el niño o la niña, o lo que sea, y cuando tú no quieras, ¡pues también, coño, aunque tenga que darte dos balazos y tirarte al mar!

—¡Con uno basta, Papito de mi alma! —le dijo entre jipidos.

Lloraron como dos mocosos a los que acabaran de zurrar, apretados uno contra el otro.

En marzo, con una barriga de nueve meses tamaño campeonato, Gretel tuvo, por operación cesárea, un par de gemelos, niña y niño, que vinieron al mundo en perfecto estado, ya criados, como dijo Ana Donremí a todos los que la escuchaban.

Todos, Ana María, sus hijos, Máximo, la nica y sus cuatro muchachos, Ana Donremí y un Papito desesperado por saber el resultado de aquello, abrazar a Gretel y tomarse una cerveza, estaban sentados y nerviosos en el salón de espera del departamento de cirugía obstétrica del Hospital Mercy, un centro asistencial perteneciente a la arquidiócesis católica de Miami, un hospital que se caracterizaba, entre otras cosas, por tener una vista espectacular de la bahía, el puerto de Miami y la cadena de islotes de Key Biscayne, además de albergar en sus terrenos a la denominada Ermita de La Caridad, una pequeña iglesia levantada con las minúsculas donaciones, monedas y pesos, no más, de miles y miles de trabajadores cubanos asentados en Miami, dedicada a reverenciar la copia más o menos idéntica de la imagen original de la patrona de Cuba, la Virgen de la Caridad del Cobre.

Veneración que se había extendido fuera del territorio cubano, y no solamente por los cubanos de Miami, sino también para personas de otras nacionalidades como el escritor Ernest Hemingway, cuya medalla de oro ganada junto con el Premio Nobel de Literatura reposa en una urna de cristal en la parte trasera del altar que contiene la imagen original en el santuario ubicado en el pobladito del Cobre, en las estribaciones de la Sierra Maestra, en la provincia más oriental de Cuba.

—¿No te parece que deberían casarse? —le comentó Máximo a Ana María en un aparte.

—Déjalos como están o como ellos decidan, Máximo. Gretel siempre sorprende por hacer las cosas mejor que todos nosotros. —Le echó el brazo por arriba a su hermano—. Ya tiene casi treinta y seis años y era tiempo de que tuviera hijos, pero de ahí a casarse.

Caminaron muy juntos hasta el ventanal desde donde se divisaba el azul deslumbrante del Océano Atlántico centelleando entre los cayos y la tierra firme.

—Gretel es Gretel, Máximo, y tú lo sabes tan bien como yo. —Le dio unos afectuosos toquecitos al hombro de su hermano—. ¡Y ella, mi hermano, va a hacer lo que decida, sin contar con nadie, vaya, lo que le salga de sus... tú sabes!

—Sí, se fue a buscar a alguien desconocido a Cuba y volvió con un marido de primera y un hijo, o dos, en la barriga, ¡le ronca el mango, mi hermana!

—¡Y creo que, de paso, hasta se ha hecho rica!

Se rieron como dos muchachos.

Una enfermera los llamó haciendo señas con la mano, una cubana, claro, desde las puertas batientes del área de ingreso a los quirófanos

—¡Son gemelos, una niña de seis libras y media y un niño de siete!

—¡Dios mío!, ¿cómo pudo aguantar los nueve meses? —exclamó Ana Donremí, sacando un pañuelo de seda del bolsillo lateral del traje sastre.

—¡Como lo ha podido todo en su vida, mamá, a fuerza de coraje, de timbales! —le dijo Máximo al tiempo que la abrazaba.

—¿Y Papito? ¿Dónde está Papito, pues? —preguntó la nicaragüense.

Papito estaba llorando en un rincón de la espaciosa sala. Ana María fue hasta él y lo levantó abrazándolo.

—Es más dura que tú, de aquí a la China, ¿verdad, Papito? —le dijo muy, muy bajito, mientras lo apretaba contra su pecho para llorar juntos.

—¡Tú no sabes nada, Ana María, si yo te contara!

—¡No me cuentes nada, Papito!

Estaban llorando con sollozos de alegría.

—¡Yo sé más de lo que te imaginas, Papito!

—¡Yo sí sé!

22

Keflavík Naval Air Station, 1989

La llamada Guerra Fría se libró en todo el planeta, y en algunos puntos de este: Indochina, Cuba, Centroamérica, el Berlín de los sesenta y los setenta, Angola, el Congo, el Líbano —por mencionar unos cuantos— llegó a ser muy caliente, abrasadora a veces.

Todo eso lo sabemos, pero en otros lugares menos conocidos, el Polo Norte y sus aguas adyacentes son un buen ejemplo, se libraron batallas, más bien ensayos, forcejeos y pruebas de fuerza de enemigo a enemigo, cara a cara, que casi nunca fueron recogidas por la prensa, aunque también rozaban, como un fósforo encendido a la dinamita, la integridad real del globo terráqueo, quizás con un mayor peligro por lo imprevisible.

Keflavík, una base aérea casi desconocida para la mayoría de los habitantes de la Tierra, situada en la península de Reykjanes, bastante cerca —allí todo está relativamente próximo— de Reykjavik, la capital y ciudad más importante de la isla de Iceland, o Islandia para los latinos, un pequeño archipiélago volcánico metido justo entre las placas tectónicas de América del Norte y Europa, lo que les daría a los islandeses el placer de decir que no pertenecen a ninguno de los dos colosos, pero ellos, más tradicionalistas en eso y siguiendo a su historia, prefieren sentirse europeos, por supuesto, cuando les conviene.

Desde la Segunda Guerra Mundial y hasta los últimos alientos de la Guerra Fría, Keflavík, unas pocas millas al sur del Círculo Polar Ártico, fue un área de primer encuentro de las naves aéreas militares, bombarderos atómicos estratégicos incluidos, de los rusos, los soviéticos entonces, y los norteamericanos, en las casi congeladas aguas del Atlántico del Norte.

Mire el mapa y verá que entre Islandia y la costa norte de Rusia solo hay agua, agua sin dueño, a veces congelada, pero no siempre.

Asusta, aunque ya no tanto, ver hoy las viejas fotos, *top secret* en la época, de aquellos vuelos rasantes de los Phantom F4-C norteamericanos ahuyentando, con mejor o peor suerte, a los gigantescos bombarderos de cuatro motores con doble pala Tupolev 95, los «Osos» para la OTAN, cargados hasta las cachas de bombas atómicas y de hidrógeno, o las de los Mig 21 y 23 pegados a las colas de las superfortalezas B-52, con sus ocho motores a reacción, también sus panzas llenas a tope, por supuesto, de los susodichos artefactos del Armagedón.

Una sola equivocación, un error de cálculo, un momento de flaqueza, una maniobra mal ejecutada, una falla de algún instrumento a bordo de aquellos aparatos y la paz del mundo se hubiera ido a bolina en un segundo.

Pero el Destino no quiso que termináramos nuestros días como planeta, gracias a Dios, en una mala apreciación o un cálculo equivocado de alguno de aquellos jóvenes pilotos de combate de uno y otro bando que, como es lógico pensar, eran simples seres humanos y habrán tenido días malos, resacas, amores desgraciados, disgustos familiares y otras cuitas propias de la carne, aunque sea joven y sana.

Y en Keflavík estaba destacado, ya en los días finales de la cada vez más tibia Guerra Fría, como oficial especialista en los modernos radares de visión sobre el horizonte, el joven teniente Herman Rubino Markis, «Rub», el hijo mayor de Ana María y del finado Herman Markis.

De turistas, para pasar unas horas con el muchacho

en su pase de fin de semana y conocer de paso aquella singular isla, se fueron, vía Nueva York y Londres, las señoras Ana y Gretel, dos mujeres maduras libres como el viento.

Gretel María, una morena —sacó el pelo y la belleza latina de su madre— apasionada y vehemente, hacía una maestría en ciencias políticas en la Universidad de Howard, la vieja universidad de la comunidad negra de la capital, Washington, famosa por su calidad docente y por la relación con los Kennedy, Martin Luther King, Malcolm X, Desmond Tutu, Jimmy Carter y otros líderes y defensores de los derechos civiles. Un lugar no muy apropiado para una chica blanca, según los patrones de aquellos años, pero ideal para una buena estudiante proveniente de Yale, con excelentes calificaciones y con ambiciones políticas aún no bien definidas, aunque a la búsqueda consciente de esa definición, y con muchos deseos de conocer los estratos profundos de su país.

—No mamá, prefiero quedarme estudiando, vayan ustedes solas y diviértanse en grande, ¡qué se lo merecen! —Abrazó a Ana—. ¡Y cuidado con lo que hacen, eh!

—¡Somos ya dos señoras mayores, Gretel María!

—¡*Fuck*! —La chica le hizo un corte de mangas.

Y los mellizos de Gretel, ya casi de ocho años, se quedaron en Miami con la abuela, Ana Donremí, y el apoyo amable de Máximo y su inseparable mujer, pues no debían faltar a la escuela y, además, este era un viaje, no todo era trabajo y sufrimiento en la vida, para que las dos mujeres se fueran a correr mundo y a vivirlo a sus anchas, ligeras de equipaje.

Ana María, que seguía viviendo en su agradable y entrañable apartamento de Bethesda (soy una mujer rutinaria y cómoda, ¿o es que no se han dado cuenta todavía?, decía) había tenido un par de fugaces relaciones en los últimos quince años.

Estuvo saliendo, y acostándose, con un médico de

ascendencia brasileña algo mayor que ella, buena persona y muy agradable, pero definitivamente a la búsqueda de una esposa, de una ama de casa que le trajera las chanclas y la bata de casa al llegar al hogar en las tardes.

Un amanecer, después de una noche de sexo bastante trajinada y de cansarse dando largas a las cada vez más acuciantes solicitudes de matrimonio, y mientras se duchaba, cayó en la cuenta, así de pronto, que disfrutaba más caminar descalza por su casa, sola, libre, preparar el desayuno, intercambiar algunas palabras con Suyin y despedir a sus hijos para el diario de la escuela, entonces vestirse e irse tranquila a su trabajo (donde justamente conoció al doctor de marras), o sea, que le daba pereza mantener aquello, y lo terminó en un dos por tres.

—Quizás dejé pasar un buen matrimonio, Gretel, pero no lo amaba, y mi apartamento, que no pienso cambiar, es para mí, para mis hijos y Suyín, y para más nadie.

Años después, con más de cuarentaicinco en las costillas, pero de tan buen ver como su madre en los viejos tiempos, conoció a un genetista de treinta y dos que hacía un posgrado en los Institutos Nacionales de Salud, un texano que le removió las hormonas por un tiempo. El muchacho, porque era un muchacho en el aspecto y la manera de pensar, al principio le demostraba una ternura un poco torpe, pero muy agradable —llegó a sentirse valorada y satisfecha—, pero en dos meses, cuando el chico se acostumbró a la compañía de la señora, el asunto pasó a convertirse en una serie de maratónicas sesiones de sexo largo y extenuante. Una mañana, Ana se sorprendió al percatarse, mientras se maquillaba para cubrir las ojeras ante el espejo, que el cabrón muchacho era algo así como una máquina de movimiento perpetuo, que solo amainaba para dar paso a emocionadas y reticentes charlas sobre las increíbles investigaciones que lo llevarían a ganar el Premio Nobel en un futuro no lejano. Y eso fue todo.

—Lo planté de plano y le aconsejé que se buscara una novia de su edad. ¿Y sabes qué, mi hermana?, siguió mi sugerencia y lo hizo.

—¿Tan pronto?

—¡Ahora la de las ojeras es la chica!

—¿Estás celosa?

—¡Aliviada, Gretel, aliviada! —Se le notaba la satisfacción en la placidez de su conversación—. ¡Cómo Herman, nadie, mi hermanita!

Gretel se reía y la vacilaba.

—¡El genetista te dejó escaldada, por abajo, Ana, reconócelo!

—¡No lo vas a creer, Gretel, me chupaba tanto los pezones, no se cansaba el *fucking* bebé, que una noche le propuse prepararle un par de biberones de leche tibia y mientras tanto ponerme yo un poco de hielo en las tetas para aliviarme la hinchazón!

—¡Qué horror!

—¡Texano, Gretel, texano, él era el *cowboy* y yo la vaca!

Se partían las dos de la risa con aquellas historias.

Después del nacimiento de los mellizos, Gretel se dedicó a ellos en cuerpo y alma, y Papito continuó siendo el buen proveedor de siempre, pero un día comenzó a írsele la mano. Compró una casita casi de muñecas en los Roads, un barrio pequeñito, tranquilo y muy bonito, como una cuña de pastel pegada a la modernidad de Brickell por su base, y los dos lados y la punta mirando hacia el centro de Miami. Una comunidad que se las arreglaba para no mezclarse demasiado con el tráfico exagerado y las tensiones sociales que se habían destapado después del éxodo cubano del año anterior. Pues bien, Papito puso la casa a nombre de Gretel, solo a ella, y él siguió viviendo por su cuenta. Gretel, demasiado lista, se dio cuenta inmediatamente que las semanas en que no aparecía Papito andaba en el mar «ganándose la vida», como él mismo decía.

El tema hizo crisis cuando un primo de él la llamó por teléfono un día para comunicarle que Papito estaba preso en la cárcel del Condado. En media hora Gretel estaba allí, pagó la fianza —no era muy elevada, pues las acusaciones no estaban claras y aparentemente solo podían imputarle la posesión ilegal de un arma de asalto, prohibidas por entonces—, buscó un abogado, le extendió un cheque como adelanto y firmó todo lo necesario para sacar a Papito a la calle.

Ella, ceñuda como un animal furioso, lo esperó en la puerta del centro de detención. Cuando él, pálido y amoscado, salió, caminaron ambos en silencio hasta el automóvil de Gretel que le abrió la puerta y lo sentó en el lado del acompañante, dio la vuelta por detrás del auto y se puso al volante, arrancó y guio despacio, sin hablar una palabra, hasta un lugar desierto de la costa en la parte sur de la ciudad, por debajo de algunos barrios de mansiones de lujo, Cocoplum (no Cocaplum, como decían los jodedores), Gables States y algunos otros, que estaban creciendo aceleradamente en esos turbulentos años de fortunas levantadas de la noche a la mañana. Paró el carro en un playazo, mirando hacia el mar, y apagó el motor. Se viró hacia él y lo miró, de frente, a la cara.

—Papito, si quieres hacerte multimillonario para disfrutarlo tú, y solo tú, es tu problema, este es un país libre...

—Mira, Gretel, yo...

—¡Cállate la boca y escúchame! —Él se acordó, no pudo evitarlo, del hacha de mango rojo—. ¡Si quieres eso, hazlo, pero cámbiate el nombre y ni se te ocurra acercarte a mi vida y a la de mis dos hijos! —Le dio un golpe al timón del automóvil con tal fuerza y tanta ira que casi se parte la mano.

—Pero, ¡y escúchame bien porque te lo voy a decir una sola vez! —Le clavó el dedo índice de la mano derecha en el esternón—. Si sigues buscando dinero en la forma en que lo estás haciendo, y no me interesa como lo haces, pero me lo imagino. —Le hincó con más fuerza el dedo en el pecho—. ¡Te voy a matar como a un perro sarnoso y te voy a desaparecer, y es en serio, Papito, ¡esta vez es en serio!

—Yo...

—¡No abras la boca, cojones! —Papito sintió algo parecido al miedo, como aquella larga y espantosa noche en el cabrón delta cundido de Viet Congs—. ¡Si sigues en esto, tarado de mierda, vas a ensuciar el nombre y el futuro de mis hijos, y no lo voy a permitir, de ninguna manera lo voy a permitir, pedazo de maricón acomplejado!

Papito retrocedió perceptiblemente.

—Me hiciste esos niños, Papito, porque yo te abrí las piernas, y no me arrepiento, y puedes darte con un canto en el pecho que eres el único hombre, el primero y el último, que metió su sucia cosa en mi cosa de allá abajo, pero de la misma forma que te abrí las piernas una vez, porque yo quise, Papito, porque yo lo quise, te abro la cabeza y te desaparezco, y es en serio, Papito, ¡muy en serio!

Dos gaviotas pasaron volando y graznaron sobre la silenciosa playa.

—¡Por trece años estuve llevando bolsitas de comida y calzoncillos a mi hermano preso, tú lo sabes, y lo haría igual por ti, mil años, un millón de años si hiciera falta, ¡pero no por una cosa tan baja!

—Gretel, necesito expli...

—¡No quiero escucharte nada! —Se viró a mirar el parabrisas del auto—. ¡Ah, y ni se te ocurra aparecerte con dinero en la casa, ni un centavo, absolutamente nada, que a mí sí me sobran ovarios para ganarme la vida, la mía y la de mis hijos decentemente!

Arrancó el motor del automóvil con una rabia profunda, contenida, dio marcha atrás chillando las ruedas y retomó el camino asfaltado. Manejó por la US-1 hacia el norte hasta cerca del Downtown y frenó en una esquina.

—¡Bájate, y si no estás dispuesto a trabajar de verdad, a cambiar de vida, sal de la mía y de la de mis hijos, para siempre!

Cuando él se apeó, Gretel haló la puerta del vehículo hacia ella, para cerrarla, con tal fuerza que se desajustó el cristal.

—Tu fianza está pagada y tu abogado está pagado, ¡ahora, quítate de mi vista y vete al carajo!

Papito vendió el barco —o lo hundió muy profesionalmente en una cala de Isla Morada, al sur de Miami, para cobrar el seguro como le confesó años después a ella— y con ese dinero, y lo que ya tenía ahorrado y muy bien escondido, alquiló un muelle de concreto (andando el tiempo lo compró) en la ribera sur del río Miami, cerca de su desembocadura en la bahía, y comenzó un negocio de reparación y remodelación de naves de turismo, sobre todo yates de lujo, que se fue convirtiendo, con trabajo duro y eficiencia, en una soberbia fuente de dinero legal, un tronco de negocio, como contaría a sus allegados mucho después.

Gretel lo ayudó con esfuerzos, sin cuento y muy sabios consejos, y él a ella con dinero, su salario, generoso salario, más la parte de los mellizos, y dedicación, más que eso, devoción.

Un día, mientras comían, lo hacían a menudo, en un restaurante de pescados y mariscos junto al río, ella le dijo:

—Papito, podemos estar orgullosos, tú y yo, de haber vivido una linda y limpia historia de amor, no sé si la más grande del mundo, pero sí una buena historia, y si alguien lo duda, ahí están los mellizos para probarlo. Levantó su copa de vino blanco y chocó la de él.

—Pero creo que ha llegado, Papito, el momento de que te cases, tengas un hogar como Dios manda, te tranquilices y dejes de tener hijos regados por el mundo.

—Gretel, yo solo te he querido a ti, y tú lo sabes.

—No seas infantil, Papito, sé que me quisiste mucho y yo, a mi manera, te he querido a ti como a nadie en mi vida, pero seamos realistas.

Tomó un sorbo largo de su copa.

—Si yo me hubiera casado contigo ya estuvieras aburrido, harto de mí y de mis pesadeces, de mi mal genio, de mi mandonería, de mis impertinencias, y me estuvieras pegando tarros de todos los colores, de hecho, tienes una novia, ahora mismo, aquí en Miami, ¿o es mentira?

—¿Yo?... no, no es...

—Mira Papito, soy tu mejor amiga, la mejor del mundo, y eso sí que no dejo que nadie lo suplante, ni hombres ni mujeres, pero el matrimonio, el sexo..., voy a ser un poco brusca. —Tomó otro poco de vino y escanció más en la copa para hacer tiempo—. Lo que te pasa es que todos los hombres piensan que pueden «salvar» a las lesbianas con su amor, con sus caricias, y yo soy lesbiana, homosexual, gay, como se llame eso, Papito, y soy insalvable... IN – SAL – VA – BLE, ¿entiendes? — Meneó la cabeza de un lado al otro—. Y lo peor de todo es que me gusta como soy y no quiero que me salven, ni tú ni nadie, Papito, ¡ni tú ni nadie!

Gretel le alborotó a Papito el pelo con la mano.

—Tú me salvaste a mí de un desastre personal, de una locura, me enderezaste la vida y me diste lo mejor que he tenido en mi vida... que tenemos: los mellizos, y yo te salvé a ti la vida, ¿o no? —Le apretó la mano fuerte—. Seamos lo que siempre hemos sido tú y yo, desde el amanecer en que te iba a matar con un hacha por besarme en el cogote, ¿te acuerdas? Los mejores amigos del mundo.

Después de pasar el viernes y el sábado haciendo turismo con Rub, conociendo la capital de la isla, desayunando pan fresco y café turco, merendando *skyr*, el yogurt de los islandeses, probando platos típicos, como el cordero autóctono, las *slátur*, unas vulgares morcillas según Ana, la carne de tiburón un poco pasada, el *hákarl*, y la piel de los testículos de carnero marinadas que hacían exclamar a Gretel:

¡No me gustan los cojones de hombre, Ana, ¿cómo me van a gustar los de carnero?, provocando que Rub se desternillara de la risa.

Entrando y saliendo de las tiendas, comprando chucherías locales, haciendo una visita obligada a la iglesia y la torre de Hallgrímskirkja —¡qué nombres más *fucking* jodidos los de esta gente, coño!— y recorriendo, en un auto alquilado por Rub, un buen tramo de la Hringvegur, la bellísima carretera de la costa, mucho más larga de lo que podían imaginar, porque, de hecho, le da la vuelta completa a la isla. Por esos andurriales visitaron los géiseres de agua caliente, los baños termales del denominado Círculo Dorado, donde la gente se bañaba como vino al mundo —¡Me gusta, me gusta eso!, afirmaba Gretel—, las cascadas a medio congelar —todas con nombres extraños, pero terminados siempre en *foss*, donde en una de ellas, Skogafoss, y según las antiquísimas leyendas escandinavas, hay enterrado, por el primer vikingo que llegó a estas tierras, un cofre lleno de oro, y al enterarse Gretel preguntó: ¿y que esperamos, carajo, para ponernos a cavar?—, los acantilados, los curtideros de carne de tiburón donde tía y sobrino formaron una hilarante escena:

—¡Por Dios, eso huele a meado de viejo!

—Claro, tía, es la urea que se desprende de la carne porque los tiburones no tienen riñones.

—¡Ah, no!, ¿entonces como mean? —Y los tres rieron sin parar. Vieron también, por primera vez, el hielo azul que provocó otro diálogo jocoso entre ellos:

—¿Quién se entretiene pintando el hielo de ese color? —preguntó Gretel.

—¡No seas bruta, tía Gretel!, el hielo se ve azul porque se congela a mucha velocidad y es muy denso, por lo que solo deja pasar los rayos de luz azul.—¿Y todo eso que nos estás explicando lo aprendes mientras espías a los bolcheviques, hijo mío? —Le dio un coscorrón en la cabeza—. ¡Y bruta es tu madre, no yo, que eso te quede claro, *okey*!

A Ana María le dolían los ijares de reírse.

Cansados y contentos se fueron al hotel a bañarse y a cenar, ¡comida de cristianos, o mejor, de cubanos, por favor!, rogó Ana.

Después de una buena comida convencional, internacional le dicen, sabrosa y bien servida, Ana María y Rub se fueron a conversar y a beberse un Oporto a la habitación, pero Gretel, algo taciturna —eso no era extraño en ella— decidió irse a tomar una cerveza a alguna parte, sola.

Arropada en un abrigo largo de cuero *beige* y con una bufanda a juego, se metió en un bar del que salían risas y calor, a unos metros del hotel. Un grupo de muchachas estaban celebrando algo, o simplemente disfrutando de la noche de sábado en aquella tierra árida, fría y medio vacía, donde el calor humano se hacía mucho más necesario que en otros lugares de clima más cálido.

Gretel se sentó en la barra y pidió una copa de vino, pero una de ellas, esbelta, amable, que se presentó como Johanna —el apellido era impronunciable, algo así como Sigurdartdottiring— se le acercó y le preguntó con mucha deferencia y educación de dónde venía.

—Soy de Cuba, bueno, en realidad soy cubanoamericana.

—¡Del Caribe!

—Vivo hace muchos años en Miami, ¿sabes?

—¡Pero tienes el sol, y la vida, adentro, se te ve! —La tomó cortésmente por un codo—. ¿Esperas a alguien?

—No, estoy sola.

—¡Entonces ven, ven con nosotras a disfrutar la noche, y así nos cuentas de tu mundo, que esta isla de hielo es muy aburrida!

Le hicieron un lugar y le dieron a probar el Brennivín, la fuerte bebida de papa con aroma a comino, el licor nacional de Islandia.

—¡Puff, qué fuerte!

—¿Sabes por qué la botella tiene la etiqueta de color negro?

—Ni idea.

—Pues para asustarnos y que no bebamos.

Todas se echaron a reír.

—¿Pero así y todo la beben?

—¡Pues claro! —Reían como cascabeles tintineantes, o eso le pareció a Gretel.

—¿Y sabes lo que quiere decir su nombre, Brennivín?

—En absoluto.

—Pues quiere decir vino ardiente. —Le escanciaron otro poco en el pequeño vasito de cristal—. ¡Y espera un rato y verás que bien te vas a sentir!

—¡Créeme que ya me siento muy pero que muy bien!

Gretel no solo se sintió bien por el Brennivín, también se sintió en familia, como si hubiera vivido allí, en aquel cálido pedazo de hielo, por veinte años.

Esa noche, aunque las noches son increíblemente cortas en el verano por esas latitudes, a Gretel se le fue volando. Y por supuesto, no en el hotel. En el cielo.

23

Miami, 1998

Gretel, con unas gafas Ray-Ban negras y una gorra de pelotero, para no deslumbrarse con el sol a plomo de La Habana en un día sin nubes de verano, empapada en sudor y sintiendo correr las gotas saladas por la espalda hasta meterse, *jean* adentro, en la ranura entre las nalgas. Sedienta y sofocada, le mete con los dedos húmedos dos billetes de veinte dólares en el bolsillo de la camisola gris de trabajo, sucia y pringada, al sepulturero, un hombre maduro, tocado con un sombrero de paja deshilachado, flaco como un alambre, con una barba dura de cuatro o cinco días, hablador y servicial. Uno de esos cubanos hechos al trabajo duro y a no calentarse la cabeza pensando demasiado.

—¡Dios mío, señora, ese es mi salario de cuatro o cinco meses, no, no, no lo puedo aceptar!

El orgullo y la necesidad chocan de frente.

—Es para tu familia, para que se compren algo en mi nombre y en el nombre del difunto. —Le pone la mano en el hombro al enterrador de muertos—. ¡Tú no sabes lo que yo y mi familia te agradecemos esto que has hecho por nosotros!

—Este es mi trabajo, señora, yo me paso todo el santo día con los difuntos.

—Pero este no tenías que hacerlo hoy. —Señala la tumba vacía, ahora la ve pequeñita y abandonada, que el hombre ya se encargó de cubrir con tierra y hasta con yerbajos y piedrecitas, para que no se note tanto que ha sido removida.

—¡Qué Dios la bendiga, señora! —Besa los dos billetes arrugados y húmedos.

—Si tuviera más, más te daba. —Gretel siente que se le cierra la garganta al decir esa mentira, y por un momento le pasa por la cabeza la idea de abrir la carterita que lleva a la cintura y sacar cinco o seis billetes más, pero se aguanta.

—¡Usted ni se imagina lo que todos nosotros, mi mujer y mis hijos, podemos comprar con todo ese dinero que me ha dado!

Gretel lo miró y recordó a Papito: No le des a nadie mucho dinero, Gretel, veinte o treinta dólares son una fortuna en ese país, no lo olvides, porque puedes meterte en problemas, le había advertido cuando le leía la cartilla preparándola para el viaje de una semana a Cuba. O te roban si creen que eres una millonaria, o el gobierno se pone sobre aviso y te pueden hasta detener, había agregado Papito como una amenaza cierta. Acto seguido al recuerdo, Gretel agarra la caja de cartón rugoso con los pocos huesos que quedan de su padre, o los de alguien que murió como su padre el mismo día, y la guarda con cuidado en una bolsa de lona blanca, bastante grande, con una palma real pintada y un letrero en rojo que dice CUBALSE, una empresa cubana de servicio exclusivo a turistas extranjeros.

—¡Óigame, señora, qué clase de hueco tiene en la parte de atrás la calavera de este muerto, y perdóneme el atrevimiento por decir semejante cosa, pero...!

—No hay nada que perdonar, es la verdad, pero esa es una historia muy antigua y ya no viene al caso, así que vamos andando, tú a lo tuyo y yo a lo mío, que nos estamos asando los dos bajo este sol, ¿no te parece?

Incluidos en la caja van dos plomos, achatados por el impacto con los huesos, que luego de muchas dudas y cavilaciones tirará al mar, uno a uno, lo más lejos que sus fuerzas le dan. Está sentada en el muro del bellísimo Malecón que mira al estrecho de La Florida y a la corriente del Golfo, mientras reza una oración callada y reafirma que es mejor tirar al mar esas dos balas que casi seguramente hubieran detectado en los rayos X a la salida por el aeropuerto.

Luego, paga, también por «la izquierda», a un empleado de una funeraria famosa en la que velan a los altos funcionarios del partido comunista, los militares con muchas estrellas y los intelectuales de copete, si les fueron fieles a los pobres y al Partido, claro, que se mueren en aquella isla, porque todos se mueren, nos morimos, mejor dicho, en fin. El pago hecho al hombre es para que triture los huesitos y los convierta en polvo.

Polvo que colocará, una vez en la habitación del hotel, dentro de una caja de talco español caro, talco que tendrá que ir echando en el inodoro un poco cada día, y que compró en una tienda de venta exclusiva con divisas extranjeras, donde además adquirió jabones y perfumes a diez o doce veces el precio que le hubieran costado en Miami, pero ¿qué se le va a hacer?, hay que fingir en nombre de Rubino y de Ana Donremí.

Gretel aprovecha la estancia de una semana para dar unas vueltas por La Habana, esa Habana que fue su hogar, el espacio donde vivió y sufrió por veintiocho años, donde creyó haber encontrado un amor de verdad, una vez, hace mucho tiempo. Pero es una Habana que se ha vuelto ajena, que ya no reconoce como suya, que le vira la cara y no le hace caso. ¡Pues que se vaya a la mierda La Habana!, exclama molesta. Después, toma la ruidosa lanchita de motor con asientos de plástico, como si ella fuera una veraneante europea en busca de aventuras, y va a rezarle a la virgen de las aguas, una virgen milagrosa que a su vez es una deidad africana, en la iglesia de Regla, un pueblito marinero al otro lado de la bahía, casi al pie de las murallas del castillo donde

mataron a su padre, encerraron a su hermano y Ana
María conoció a Herman.

—¡Vaya historias que tiene esa cabrona fortaleza! —
susurra mirando la fortaleza.

Una fortaleza del tiempo de la Colonia y que ahora es
un museo y un exótico centro de recreación para turistas ávidos de ver cosas singulares de la historia —¿qué
historias?— del Caribe colonial con sus corsarios, barcos negreros, contrabandistas, cofres llenos de doblones
de oro enterrados en playas solitarias y peleas a sable y
duelos a cañonazos entre galeones de madera, cordajes
y velámenes al viento... idioteces, bobadas para turistas, ¿si ellos supieran lo qué es historia? Pero bueno, ¿a
quién le importa todo eso?

Finalmente, se va de aquella Habana en la que dejó
enterrada su juventud, un pedacito de su corazón —eso
le recuerda la tonta letra de una canción muy vieja que
sonaba todo el tiempo en la radio y que ahora no puede
ubicar bien en su memoria—, sin mirar atrás, dándole
la espalda como se le hace a un desconocido que le pasa
a uno por el lado.

Hizo lo que fue a hacer y cuando el avión despega,
desde el viejo aeropuerto de Rancho Boyeros rumbo a
Miami, comprende, con alivio, que su pequeña y muy
personal novela policíaca va a tener un buen final.

—¡Gracias a Dios!

De todo eso se acuerda Gretel mientras sonríe, plena y contenta, para una de las fotos de la fiesta de
graduación de *high school* de los gemelos, celebrada en
el Rusty Pelican, un lugar bellísimo justo a la entrada,
cruzando el primer puente de la autopista a Key Biscayne. Un sitio rodeado de mar y de gaviotas, de botes
y de cielo. Una fiesta que pagó, orgulloso, Papito, ahora un elegante caballero barrigón con muchas canas y
manchas de sol en la frente y el dorso de las manos,
pero todavía atrayente para las mujeres, un poco por su

apostura de macho —¡si lo hubieran visto en el 80, carajo!—, y otro poco, ¿cuánto más? por la abultada billetera que porta, orondo, en el bolsillo trasero del pantalón de fina tela inglesa hecho a la medida.

Su mujer, una belleza cubana de alquilar balcones en sus mejores tiempos, pero aún muy *sexy*, aunque, claro, con la ayuda de algún retoque estético bien hecho — Papito paga— que le ha borrado las líneas de expresión, eso que los envidiosos llaman arrugas, y le han vuelto a colocar las mamas, así les dicen a las tetas, en el justo lugar en el que estaban a los veinte años.

—¡Gretel, yo sé que no me crees, pero no tengo erecciones, vaya, que no se me pone dura, si no es con las cubanas con tetas grandes como las tuyas, coño!

—¡Depravado, degenerado, puerco!, ¿te doy un hachazo en el centro mismo de la cabeza o se lo cuento a tu esposa? —Lo ve sonrojarse y lo disfruta, emocionada, por los vivos y buenos recuerdos que le trae su grosería—. ¿Qué prefieres, Papito?

—¡El hachazo, Gretel, no me jodas, el hachazo, que esa mujer se gasta un mal genio peor que el tuyo, y eso es mucho decir!

La mujer, la esposa de Papito, hija, más o menos como Gretel, de un prisionero político al que soltaron al año siguiente del terremoto político del Mariel, se empató con Papito en un baile, o una fiesta, no sabe bien, en una discoteca, y con trabajo, carácter firme y mucha inteligencia lo ha ido arreando y aguantándole sus cosas hasta cierto punto, por la vida. A cantazos, como dicen los boricuas.

Ella, la esposa de Papito, inteligente, lista, se pone detrás de ellos y los abraza por los hombros, metiendo su cara, todavía muy bonita, entre la de los dos.

—¡Los gemelos delante, que esta fiesta es de ellos, *okey*! —grita el fotógrafo.

La islandesa —no podía faltar en la foto— se aprieta,

cadera con cadera a Gretel para hacerle espacio a Ana María, ya entrada en años, casi a punto de los sesenta, pero vestida a la última moda y maquillada como una reina, o mejor, que pocas reinas lucen así hoy en día.

—¡Johanna, chica, esto no es Islandia, empuja y hazme espacio, anda! —Ana María le pasa el brazo por la espalda a Johanna y le pellizca una oreja a Gretel.

—¡Annna! —La islandesa habla con un acento un poco nasal, gutural, pero se defiende bien con el inglés y hasta con el español—. ¡Estoy metiendo la cadera toddo lo que yo ppuedo, chiiica!

—¡La cadera, el caderón que se gasta la finlandesa esta! —dice Máximo.

—Islandesa, Máximo, no finlandesa —le dice Gretel.

—¿Y no es lo mismo?

Máximo, la nica, sus cuatro hijos y los nueve nietos, casi todos de pecho o de brazos, hacen que el fotógrafo —un músico famoso de una estirpe de músicos famosos, a su abuelo le decían en Cuba «El Mago de las Teclas»— que ha aprendido a ganarse la vida también con la cámara —¡no queda más remedio que buscarse los frijoles!— se desespere.

—Si no se aprietan no salen en la foto, ¿estamos o no estamos?

Ana Donremí ya no está, por lo menos no de cuerpo presente, aunque su recuerdo y su elegancia flota en el ambiente. Murió a causa de un linfoma seis meses antes, pero se fue feliz, sabiendo que descansaría junto a su Rubino, cajita con cajita en el mismo gavetero del osario del cementerio de la calle 8, ¡al fin!

Y gracias al loco viaje de Gretel, que le trajo las cenizas del difunto. «¡Dios quiera que sean las de Rubino!» piensa Gretel, pero no lo dice, que esa duda, en realidad sin mucha importancia, es solo de ella.

—Esta niña, ¡qué Dios la bendiga!, me ha hecho el mejor regalo que yo podía recibir, exceptuando el regalo maravilloso de sus hijos, mis nietos —dijo Ana Donremí mientras se enjugaba una lágrima, una sola, que le corría rostro abajo. Porque Gretel, como siempre, cuando le diagnosticaron el cáncer a su madre y le pronosticaron un año de vida, más o menos, se fue a la casa de Máximo en Hialeah y desde allí llamaron por teléfono a Ana María, le explicaron la situación y ella, Gretel, les dijo a los dos que ahora sí se iba a Cuba a buscar a alguien, no a alguien desconocido, sino a su padre Rubino.

—¿Tú estás loca, Gretel? —le dijo Máximo, ahora más preocupado por ella que por su madre.

—Sí, lo estoy, pero no es una locura tonta, Máximo, se lo debo a mamá, es lo menos que yo puedo hacer en sus últimos días entre nosotros.

—Vete a donde tu corazón te indique, Gretel, ¡pues!

—Y mirando a Máximo con la cara seria, la nica le espetó—: No le llames loca a tu hermana, Máximo, es la más cuerda y la más brava de toda la familia, me recuerda a Doña Violeta, la que le plantó cara a los sandinistas, pues.

El teniente coronel Herman «Rub» Markis, condecorado en la Guerra del Golfo del 91, empuja para meterse en el foco de la cámara, y no está solo, hala por una mano a su hermana Gretel María, ahora una linda representante estatal por Maryland, el estado que ha hecho suyo, pero sin olvidar sus raíces asiáticas y cubanas, latinas.

Al frente, el jodedor de Papito, siempre hay un cómico en las familias grandes, agarra a Suyin —convertida en una pasita de quizás ochenta o noventa libras, que nadie conoce su edad, ni ella misma—, y la levanta con sus manazas por la cintura para que se vea en la foto.

—¡Así me gusta agarrar a las mujeres!

—¡Suyin es mucha mujer para ti, Papito! —le vocea, muerta de la risa, Ana María.

—¡Yo sé algo de las mujeres chinas que ustedes no

conocen, *okey*!

—¡Yo no sel china, joven! —casi grita Suyin mientras mueve sus minúsculas paticas en el aire.

—¡!Joveeeeen!!

Un coro se levanta desde el grupo haciendo que todos miren hacia el frente, sonrientes, y el fotógrafo aprovecha el instante que le ha regalado, sin querer, aquella chinita flaca como un alambrito, para disparar el obturador de su Rolleiflex.

—Papito, ¡joveeeeen!!

—Aquí, aquí, miren al pajarito —Levanta el brazo el fotógrafo y hace tronar los dedos.

Click.

24

Tha Yai, 2006

Suyin murió tranquila, sin crispaciones ni dolores, finalizando mayo.

Desde el momento, un par de años atrás, en que los médicos le diagnosticaron una enfermedad degenerativa crónica, pero a la larga mortal, Ana María trató de convencerla para que viajara a su tierra y acompañada por ella, para que se despidiera de su familia. Pero la thai le suplicó que le ahorrara semejante recorrido y expresó, vehemente, la firme voluntad de morir junto a ellos que habían sido, y así lo dijo, su verdadera familia y donde había tenido su único y verdadero hogar, por los últimos cuarenta años.

—¡Cuando mi alma palte, usted hacel de mi cuerpo lo que quiela, Ana, pero déjeme ilme desde aquí, ese es mi deseo!

—¿Y tus cenizas, Suyin?

Los indochinos no son muy dados a la ambigüedad o al circunloquio cuando se trata de algo tan natural y previsible como la muerte.

—¡Si tú quiele manda allá o deja acá, da igual!

Al concluir la ceremonia de cremación del cuerpo de Suyin, Ana María recogió con gentileza y amor la urna de palisandro con las cenizas de la thai, se fue a su departamento a descansar —la última semana la había pasado junto a ella en el hospital— y a urdir un plan que ya le venía dando vueltas en la cabeza desde hacía varios días.

Ahora el arca, la pequeña urna de madera fina con

las pocas cenizas de lo que fue el cuerpecito de Suyin, descansaba encima de la cómoda, junto al estuche color rojo vino con la medalla de oro —que al fin le habían entregado a ella y a sus hijos en una ceremonia en el Pentágono, después del once de septiembre del 2001— que había ganado, póstumamente, el héroe Herman Markis, y que Ana había visto fugazmente, ella sola, treinta años antes.

Recostada en la cama, en pijama, después de un relajante baño de agua tibia y sales aromáticas, tomándose un té japonés *matcha*, delicioso y estimulante, que colmaba, suavemente, de olor a sándalo toda la habitación, Ana María agarró su BlackBerry, leyó primero los mensajes acumulados e inmediatamente hizo una llamada a Miami.

—Gretel, mi hermana, ¿te atreves a seguirme en una aventura?

—¿Vas a rescatar a alguien en Cuba, Ana?

—¡No, mi hermana, esas correrías a la isla se inventaron solo para ti, y en solitario, lo que quiero es llevar las cenizas de Suyin a su tierra, a su casa, o, mejor dicho, al hogar de sus antepasados!

Se escuchó claramente el llanto de un recién nacido al otro lado de la línea.

—¡Cuenta conmigo desde ya, mi hermana!

Gretel le estaba dando el biberón al pequeño vástago de su nuera y su hijo Mario Antonio.

—¿Incluimos a Mariel y a la mujer que vino desde el hielo en la aventura?

—¡Claro que sí, Gretel, sería formidable que nos acompañaran!

—Pues hecho, Ana, hablaré ahora mismo con ellas.

Con Gretel María, desde hacía tiempo casada y ya con dos hijos, sabía que podía contar, pues también había estado en los últimos momentos de Suyin junto a ella y habían conversado, caminando por los largos pasillos del enorme hospital Walter Reed, acerca de la intención de Ana.

—Si puedes aplazar el viaje por dos o tres semanas, mami, arreglo mis cosas en el Capitolio y te acompaño.

Gretel María había obtenido el año anterior un escaño por el estado de Maryland en la Cámara de Representantes Nacional, el Congreso, y según muchos analistas (sobre todo los que comulgaban con su partido) lo estaba haciendo muy bien.

Las cinco mujeres —seis en realidad pues en la urna de palisandro viajaba, casi con toda probabilidad, el phi benévolo de Suyin—, toda una tropilla femenina, se encontraron en Washington —Gretel y Mariel volaron desde Miami y Johanna desde Islandia, vía Londres— y partiendo desde el aeropuerto Dulles viajaron primero a San Francisco, ya sobre el Océano Pacífico, donde se tomaron unas vacaciones de tres días,

—¡Suyin está gozando al vernos disfrutar la vida! —dijo, con una sonrisa fresca, Gretel María.

—No, no solo nos ve, ¡sino que está aquí con nosotras!, ¿o es que no sienten su presencia? —le contestó Mariel, estremeciéndose.

Mariel, la gemela de Mario Antonio, estaba haciendo una carrera como pianista concertista —estudiaba ocho y diez horas diarias desde la edad en que las otras niñas jugaban a las casitas y veían los muñes en la tele— que iba camino de convertirla en una estrella de los escenarios internacionales antes de los treinta años.

Con una sólida formación musical clásica adquirida en el sofisticado y costoso Berklee College of Music, en Boston —que le pagaron con satisfacción Papito y Gretel cuando se convencieron de que la música era lo verdaderamente suyo y no la abogacía o los negocios—, la muchacha, guiada por los sabios consejos de la innovadora pianista Joanne Brackeen, una de sus profesoras favoritas en el Berklee, se fue desplazando hacia el *jazz*, estudiando con empeño a maestros como Art Tatum, Lennie Tristano, Oscar Peterson, Bill Evans, Herbie Hancock y el genial Thelonius Monk, hasta encontrar, por el camino más largo y laborioso, sus raíces latinas y afrolatinas en el ritmo y el fraseo increíble de Hilton Ruiz, Bebo Valdés y su hijo Chucho, Eddie Palmieri, Emiliano Salvador, Peruchín y Michel Camilo.

—¡Carajo, yo nada más que oía a Elvis, a los Beatles y a Benny Moré! —rezongaba Papito de dientes para afuera, pero hinchado de orgullo por dentro.

Después, siempre buscando, investigando, escarbando y, por supuesto, hallando, se introdujo, con el oído alerta y afinado hasta un superlativo nivel de excelencia, en el piano *rock* del asesinado John Lennon, y de ahí a Elton John, Tori Amos y Billy Joel, recurvando entonces en un salto impresionante, que solo una persona con una maestría y una constancia fuera de serie podía realizar, hacia el estudio y la divulgación de valores pianísticos femeninos, pasados y presentes. Valores como los de la argentina Martha Argerich, la portuguesa María Joao Pires, la venezolana María Teresa Carreño, la inglesa Myra Hess, la francesa Helene Grimaud, la méxicocubana Margot Rojas, la rumana Clara Haskil, la brasileña Guiomar Novaes, las cubanas Cecilia Arizti, María Cervantes y Zenaida Manfugás —con la que compartió en New York gratas e instructivas charlas en más de una ocasión— y la extraordinaria concertista española Alicia de Larrocha.

Venía de tocar, como artista joven invitada, en Nueva York y Philadelphia, respectivamente, con los portentos chinos Yundi Li y Lang Lang, y de grabar una canción en un estudio de Miami Beach, una sola, acompañando a la invisible Isis.

El Jumbo 747-400 de Delta Air Lines arribó al nuevo —lo acababan de abrir al público— y espectacular aeropuerto Suvarnabhumi de Bangkok a media tarde, llovía

Fé

levemente pero se veía el sol en algún que otro agujero de las nubes, y después de pasar los trámites aduanales y recoger el equipaje, dos carritos hasta el tope, se encontraron en la salida de pasajeros con el hijo mayor de la doctora Sirikit, un hombrón bastante entrado en años, médico igual que ella, y el único de sus tres hijos que se había asentado en el país.

—¿Cómo está tu madre, muchacho? —Ana lo abrazó con afecto y él a ella.

—¡Cumplió noventa años anteayer y todavía nos da órdenes, cocina y pelea por la mala calidad de los alimentos que compramos para ella, señora!

—¡Genio y figura hasta...! —Ana no terminó el aforismo.

El hombre se había traído su camioneta Suburban para transportar a todas aquellas mujeres y sus bagajes: maletas, maletines, mochilas, neceseres y «mierditas femeninas», según Gretel, al hotel.

—¡Esto parece un desembarco de marines! —dijo Gretel María.

—¡Peor, mi niña, es toda una plaga de cubanas! —terció Gretel.

Después de varios días recorriendo la capital, sus pagodas, el templo de Wat Arun, sus budas, el palacio real conocido como Grand Palace, los mercados, navegar en un bote expreso por el Chao Phraya, los canales y sus barcas vivienda o sus barcas mercadillo, las excelentes tiendas de alta costura, vislumbrar de lejos los distritos red-light que hicieron rogar a Gretel: ¿Por qué no me dejan explorar a mí sola esos lugares?, para contestar inmediatamente Johanna, con toda la dulzura de que era capaz hablando en inglés:

¡Poorkke desapareces en ellos parra siempre, Gretel! Los restaurantes caros y los puestos callejeros de comidas, a veces mucho más sabrosas e infinitamente más baratas, de lidiar con los miles y miles de vendedores ambulantes, el gigantesco tráfico (les encantó el tren aéreo BTS), los taponamientos viales y el incesante gentío. ¡Es como Manhattan, pero a exceso de velocidad!, apuntó Mariel.

Subir al elevadísimo mirador de la Torre Baiyoke 2, el edificio más alto de Bangkok, y pasear entre los tilos y los robles del Lumphini Park que impresionaron a Ana María: ¡Parece un pequeño paraíso dentro del infierno!, ¡en mis tiempos aquí este parque no existía!, exclamó. E incluso, de visitar el Colegio Americano, ahora mucho más grande y moderno, donde Ana no encontró a nadie conocido —aunque la recibieron a ella y a su grupo muy amablemente—, pero, para su sorpresa, se topó con ella misma, de cuerpo entero, sonriendo, en compañía de otras maestras y empleadas, calzada con zapatos bajos, calcetines y vistiendo una blusa blanca estilo colegial y una minifalda, en la galería de fotografías históricas adjunta al salón de actos principal.

—¡Dios mío, como podía vestirme de esa forma! —Movía la cabeza, incrédula, de un lado al otro—. ¡No se parece a mí esa mujer!

—¡*Wow, mom*, que atuendo más provocativo! —Hizo Gretel María una pícara mueca con los labios—. ¡Eran muy modernos aquí hace cuarenta años!

—¡Cuarenta años, no puede ser, Dios mío!

—¡Tienes razón, Ana, en la foto dice 1965, así que solo son cuarentaiuno! —le dijo Gretel con su ironía característica.

—¡Vete a la mierda, Gretel, eso no es gracioso!

Se pusieron en marcha hacia Tha Yai al amanecer, descendiendo hacia el sur, desde Bangkok, por la carretera 402, que va bajando por toda la estrecha península de Malasia (ambos países comparten esta relativamente estrecha franja de tierra que tiene a un lado, el del oeste, el Golfo de Tailandia y al otro lado el mar de Andamán) hasta adentrarse, por un puente, en la isla de Phuket.

Suyin y toda su familia habían vivido por generaciones en los alrededores de Tha Yai, una pequeña aldea que había crecido hasta ahora ser un pueblo de cierta importancia, y que es el último en tierra firme, justo antes de la entrada a Phuket.

Cuando las minas de estaño se agotaron en el siglo XIX, dejando a miles de habitantes de la zona sin sustento económico, los hombres de Tha Yai comenzaron a ganarse la vida con el caucho, el arroz, en esa zona, siempre fue para consumo propio y lo cosechaban, y lo cosechan aun, las mujeres, pero el *boom* turístico de la isla de Phuket y sus playas increíbles, puestas de moda en Occidente durante la guerra de Indochina, desplazó poco a poco el cultivo y sangrado de la hevea (el árbol cauchero) y han ido atrayendo casi toda la mano de obra disponible en los alrededores. Y de eso, del turismo, viven ahora los familiares de Suyin y todos sus vecinos.

Después de las preguntas, los saludos de rigor y las cortesías apropiadas para dar la bienvenida a unos visitantes tan importantes, las cenizas de la thai fueron colocadas, con un respeto extremo, en la casa dedicada a los espíritus, una pequeña base de cemento y madera con una especie de casa de muñecas de techo a dos aguas fijada encima de ella. Frente a esa sencilla construcción se encuentra una diminuta explanada en la que se colocan unas mesas bajas y sobre ellas, cubiertas por tapetes, se encienden velas, se colocan frutas y otros alimentos y telas de colores con invocaciones a los espíritus benéficos de los ancestros.

Una vez terminada la pequeña ceremonia familiar, a la que fueron invitadas especialmente Ana y todas sus acompañantes, se preparó una sencilla comida y se hicieron brindis por el acontecimiento.

—¡Así quisiera yo que me mandaran al otro barrio, Ana, con una buena bebezón! —le susurró Gretel al oído de Ana, sin perder la compostura.

El grupo de mujeres, luego de una cariñosa y agradecida despedida a la que asistió la familia de Suyin en pleno, siguió su camino cruzando el puente a la isla y dirigiéndose hacia uno de los modernos hoteles de Phuket. Allí, después de disfrutar la playa y el descanso, y los soberbios masajes, por cuatro días, devolverían el *van* que habían alquilado en la capital y regresarían en avión a Bangkok, desde el pequeño pero concurrido aeropuerto de Phuket, para seguir entonces su camino de regreso a los Estados Unidos.

—Suyin ha vuelto con sus antepasados, *mom*, pero nos queda su recuerdo —comentó Gretel María con un dejo de tristeza.

—Algo más que su recuerdo, Gret —dejó caer Ana María en pose de misterio.

—No te entiendo.

—Quedan en casa, en mi casa, la mitad de sus cenizas.

—¿En serio, *mom*?

—¡Por supuesto, Gretel María!, su generoso *phi* puede que logre cruzar los mares, pero me pareció justo que algo permaneciera con nosotros, ¡por si acaso!

Todas a una, el pelotón de mujeres al completo, suspiraron con alivio.

25

WASHINGTON D.C. 2021

Andover House, el clásico y elegante edificio donde tiene su departamento Gretel María Markis —su apellido de casada y por el que todos la conocen es Steinbeck— la recién anunciada secretaria de Estado del nuevo gobierno de los Estados Unidos, está a tres manzanas del Logan Circle y a una del Thomas Circle Park, en el mismo centro de la ciudad de Washington, la capital de la nación.

Mirando, hacia la izquierda, desde el encristalado balcón del acogedor departamento, se aprecia, casi al alcance de la mano, la resplandeciente cúpula blanca del Capitolio Nacional, y al frente, quizás un poco, muy poquito a la derecha y entre las arboledas, el techo de la Casa Blanca, y algo más allá de la rotonda, la fina y alta aguja del monumento a Washington, fulgurante, alumbrada por potentes focos que la iluminan desde abajo con los colores rojo, azul y blanco de la bandera norteamericana.

A una cuadra y media largas de la Casa Blanca, ese sí directamente al frente, el antiguo, aunque recientemente remozado Hotel Willard. Hotel de añeja clase, en uno de cuyos emblemáticos salones, allá en el lejano 1861, se celebró la reunión, la última, entre los emisarios de los rebeldes sureños y algunos funcionarios importantes del gobierno del norte, el Gobierno Federal, que pudo haber evitado la Guerra Civil Norteamericana, pero el destino, o el orgullo, la arrogancia y la ciega reticencia de los hombres se interpuso y la sangría por venir se hizo realidad.

Bastante más a la derecha, semioculto por las moles de concreto y piedra de cantería que han ido creciendo con los años en Foggy Bottom, el viejo barrio cervecero colindante con el río, ahora fuente del poder y del dinero norteamericanos, puede apreciarse el brillo dorado del mármol blanco, rutilante por la intensa iluminación, del monumento a Abraham Lincoln. Y detrás, el río, el Potomac, una cinta ancha y oscura en la que navegan barcos cargados de visitantes, turistas, música, comidas, tragos y luces de colores.

Aunque con muchísimo trabajo por delante, la toma de posesión del presidente será el 20 de enero y la de ella al día siguiente —faltan menos de quince días—, Gretel María hizo un espacio esa noche del frío invierno de la capital para reunirse con los suyos. Y mientras ella, su esposo, un antiguo astronauta retirado, y sus tres hijos, ya hombres y mujeres, reparten las bebidas y los canapés, nada de camareros ni gente de afuera, solo la familia, tía Gretel, derechita y elegante, tan alta y esbelta como siempre, sofisticada, altiva, con sus setentaicinco años a cuestas que parecen no llegar ni a sesenta, se retira en silencio hacia un rincón de la terraza encristalada, con una copa barrigona a medio llenar de vino blanco frío, un Chardonnay californiano criado en roble, algo ácido, en su punto, costoso, como a ella le gusta saborear.

Abandona sola al bullicioso y alegre grupo, en su sosegado cavilar, taciturna, muy a su estilo, y que es tradición familiar el respetárselo.

Mientras paladea el vino, sorbito a sorbito, sentada en una mecedora de piel marrón, lustrosa y mullida, cálida, pasea la vista indolentemente por el soberbio paisaje que se le ofrece al disfrute de sus ojos en aquella noche de celebración y júbilo.

—¡Quien me iba a decir que viviría algo así hace treinta años, carajo! —musita por lo bajo.

Y entonces pasa revista, muy despacio, como en una

película que se proyectara cuadro a cuadro, a su vida. Una vida un poquito larga ya —se sonríe burlona—, y también pasa revista a los que están, y a los que faltan.

Viuda tres veces, una viuda alegre, vuelve a reírse por lo bajo con malicia, con la picardía de una niña traviesa, aunque nunca llegó a casarse con celebraciones nupciales, y notarios, y firmas de papeles, y testigos y todas esas tonterías, «¡que Dios nuestro Señor no lo permita!», pensó. Viuda de la teatrera, —¿qué habrá sido de ella?— , la mató el tiempo, la separación forzada, la necesidad del momento, la miseria, la mentira, la distancia, el miedo al futuro, el desaliento; viuda de Papito, un hombre, todo un hombre, que la amó de verdad como el loco sabio que era, y que ella también amó, a su manera, el padre de sus hijos, el abuelo de sus nietos. Lo mató un infarto cardíaco fulminante en la plenitud de los setenta años, y murió bien, sin dolor, sin una queja, rápido, contento, rico, viviendo a su aire, a la carrera. Y también viuda de Johanna, su islandesa, la hembra blanca y suave como la nieve fresca, de vello rojo y boca hambrienta con la que soñó siempre, sin saberlo: la mató un estúpido accidente de carretera cuando había alcanzado el pináculo de su carrera política en el parlamento de su isla de hielo, y el constante y fiel amor de ella.

Gretel hace un pícaro mohín, divertido, como la bribona que es, docta en amores, conocedora y maestra de la existencia, dueña ya de la experiencia. «¡No fue una mala vida, fue dura y trabajosa a veces, pero buena, honesta!», sigue pensando.

Ana María, su hermanita del alma, se fue hace tres años. Se sintió mal de salud por algún tiempo, pero hasta el último minuto se mantuvo lúcida y alegre, preocupada por la gente, dispuesta siempre a ayudar, sincera, y que no esté hoy con su hija en un momento tan lindo, tan especial, sí le duele, y ese dolor le aprieta el pecho.

Derrama una lágrima, una sola, y la seca con el dorso de la mano izquierda. Eleva su copa de buen vino y brinda por ella: ¡Qué tú, mi hermanita, y el chiflado de Herman puedan ver este momento, desde el cielo, o desde donde sea, pero juntos, coño, juntos para siempre! Suspira.

Máximo está aún en la tierra, pero su cerebro se ha ido. La muerte de la nica fue demasiado para él. Montones de hijos, de nietos y bisnietos lo rodean. Ya ella perdió la cuenta de cuántos son, pero la tranquiliza el que le han salido buenos, si no todos, una buena parte de ellos, y eso le basta y la contenta. Siempre fue un buen tipo, fiel, bondadoso, algo simple, y como demostró en la cárcel, heroico a su manera.

¡Un brindis para ti, Máximo, y ojalá tu nica te venga a buscar pronto, para que estés con ella!, dice y toma un sorbo del excelente vino a la salud del alma de Máximo, no del cuerpo, que ese cuerpo ya no vale para nada y vivir no es eso.

—¡Pues! —Se sonríe una vez más y también brinda por ella—. ¡A tu salud, nica, y apúrate, que Máximo te espera!

Su hija Mariel y su hijo Mario Antonio cumplen cuarenta este año

—¿Jesús, lograrán al fin estos muchachos hacerme vieja?—.

El general de tres estrellas, esta noche arropado de civil, Herman Rub, abre con cuidado la puerta cristalera, le alcanza a Gretel un cuenco de anchoas y aceitunas españolas, prefiere eso al caviar, que ella toma con displicencia y le agradece con cariño, y él vuelve, con cuidado, a cerrar la cancela.«¿Hasta dónde llegará este mocoso?», piensa, y se ríe, pues tiene casi sesenta, o no, no tanto, cincuentaicinco, más o menos.

Vuelve a abstraerse, recordando cosas que, vistas en retrospectiva, a veces parecen imposibles, pero que cuando ocurrieron hubo que pechar con ellas.

Mario Antonio, su hijo, el hijo de Papito, se asoma y le dice:

—¿*Mom*, te molesta si dejo la puerta algo entreabierta para que escuches a Mariel?

—No hijo, al contrario.

Ese hijo, su hijo, va a ser nombrado, inmediatamente después de la toma de posesión del nuevo gobierno, embajador en Cuba. Es joven, tiene una linda esposa y tres hijos, sus nietos, conoce el mundo, la política, habla español perfectamente, y sus raíces, porque ella, Papito, sus cuatro abuelos, son, fueron, de allí, y está feliz y ansioso por conocer aquella isla, sus gentes, la tierra de sus orígenes.

—¡Qué Dios lo ayude! —Y Gretel levanta la copa hacia el cielo, por él. E invoca en silencio la misma oración a la virgen de las aguas que, una vez, hace más de veinte años rezó con fe para implorar valor y ánimo para sacar, ilegalmente, de la áspera tierra del cementerio de La Habana los restos de su padre y traerlos de regreso a las manos de Ana Donremí. La misma oración que le dio fuerzas para lanzar al agua aquellos dos plomos, aquellas dos ataduras a un pasado que se debía, ya era tiempo, dejar atrás.

—¡Y que la virgencita de las aguas lo guíe para que haga el bien, amén!

Mariel, su hija, está tocando, con la suavidad de manos y la fuerza temperamental que expresa en toda ocasión, como la gran artista que es, *As Time Goes By*. Recrea esa vieja y bella pieza, ese tema que tanto le dice a ella, en el piano de media cola de color negro laqueado, relumbrante, que está a un costado de la amplia sala de estar.

Gretel interrumpe sus pensamientos y escucha la melodía, emocionada, leve, como suspendida en el aire limpio de una alta montaña. Una sensación de euforia, de confianza la envuelve, se expande y suspende, brevemente, el transcurrir del tiempo.

No es música vieja, es simplemente música, melodía, es como la vida que pasa y pasa como la arena entre los dedos, sin detenerse nunca, no importa lo que hagamos por pararla, cambiarla o convertirla a nuestros absurdos designios.

Se pone de pie, ágil, como la muchacha que ha sido siempre, una muchacha con la cara algo hosca y el corazón de oro, sano, abierto, que ha llevado siempre, en los temporales y las calmas chichas, en las buenas, las malas y las peores, en el centro del pecho.

Mentir, mentirse ella misma es fácil, pero no es ni ha sido nunca lo suyo. Buscar siempre la verdad es difícil y no está convencida de que valga la pena intentarlo. ¿No es mejor dejar —piensa— que cada cual haga su vida a su manera, libre, a su aire, sin las trabas y los frenos que los prejuicios y los miedos le imponen a la gente? Si uno mismo no se conoce bien, ¿para qué buscar verdades ingratas en la gente? ¿Para qué querer saber tantas cosas inútiles del pasado que ya pasó y que no vuelve?

—¿Para qué preguntar tanto por ellos? —Se sorprende diciendo.

Se levanta ágil y camina despacio, con su copa de vino casi vacía en la mano, cruza la puerta cristalera y entra en la tibia habitación moviéndose como una reina. Se acerca al piano, coloca la copa encima, la empuja a un lado con un gesto elegante, y se acoda en él.

Le sonríe a Mariel, su hija, que ahora toca solo para ella. Y Mariel le sonríe. Radiante y bella.

ÍNDICE

La Habana, 1959 13

La Habana, 1962 19

Playa Guanabo, 1963 27

Key West, 1963 35

Miami, 1963 41

Bangkok, 1965 49

Tapao Air Base, 1965 55

Royal Thai Air Force Hospital, 1965 65

Long Tieng Base, 1967 71

Lima Site 85, 1968 79

Honolulu, 1968 87

Bangkok, 1972 93

Don Muang Airport, 1973 99

Chiang Mai, 1973 105

Mekong River, 1973 113

Langley, Virginia, 1974 121

Bethesda, Maryland, 1979 133

La Habana, 1980 141

Puerto de El Mariel, 1980 147

Key West, 1980 157

Miami, 1981 165

Keflavík Naval Air Station, 1989 171

Miami, 1998 183

Tha Yai, 2006 191

Washington D.C. 2021 199

José Martí

Ángel Velázquez Callejas

De Venus a Botero

Félix J. Fojo

Convictos en el tiempo

Luis Pérez de Castro

De amor, desamor y otras chingaderas

Thelma G. Delgado

Descubriendo el ADN de la pareja

Martha E. Rodríguez Cabezas

Titlán, el señor de Tecnoch

José Gustavo Hernández Vélez

Dramaturgas cubanas del siglo xix

Ramón Muñiz Sarmiento

Roxana Mena Fonseca

Convictos en el tiempo

Luis Pérez de Castro

www.ingramcontent.com/pod-product-compliance
Lightning Source LLC
Chambersburg PA
CBHW031334170626
46807CB00002B/691